U0152408

博雅文叢

宋詞賞析

沈祖棻 著

出版說明

「博雅教育」，英文稱為 General Education，又譯作「通識教育」。

甚麼是「通識教育」呢？依「維基百科」的「通識教育」條目所說：「其一是通才教育；其二是指全人格教育。通識教育作為近代開始普及的一門學科，其概念可上溯至先秦時代的六藝教育思想，在西方則可追溯到古希臘時期的博雅教育意念。」歐美國家的大學早就開設此門學科。

在兩岸三地，「通識教育」則是一門較新的學科，涉及的又是跨學科的知識。概而言之，乃是有關人文、社科，甚至理工科、新媒體、人工智能等未來科學的多方面的古今中外的舊常識、新知識的普及化介紹，等等。因而，學界歷來對其「定義」抱有各種歧見。依台灣學者江宜樺教授在「通識教育系列座談（一）會議記錄」（二零零三年二月）所指陳，暫時可歸納為以下幾種：

一、通識就是如（美國）哥倫比亞大學、哈佛大學所認定的 Liberal Arts。

二、如芝加哥大學認為：通識應該全部讀經典。

三、要求學生不只接觸 Liberal Arts，也要人文社會科學學生接觸一些理工、自然科學學科；理工、自然科學學生接觸一些人文社會學，這是目前最普遍的作法。

四、認為通識教育是全人教育、終身學習。

五、傾向生活性、實用性、娛樂性課程。好比寶石鑑定、插花、茶道。

六、以講座方式進行通識課程。（從略）

近十年來，香港的大專院校開設「通識教育」學科，列為大學教育體系中必要的一環，因應於此，香港的高中教育課程已納入「通識教育」。自二零一二年開始的第一屆香港中學文憑考試，通識教育科被列入四大必修科目之一，考生入讀大學必須至少考取最低門檻的「第二級」的成績。在可預見的將來，在高中教育課程中，通識教育的份量將會越來越重。

在互聯網技術蓬勃發展的大數據時代，搜索功能的巨大擴展使得手機、網絡閱讀、搜索成為最常使用的獲取知識的手段，但網上資訊氾濫，良莠不分，所提供的內容知識未經嚴格編審，有許多望文生義、張冠李戴及不嚴謹的錯誤資料，謬種流傳，誤人子弟，造成一種偽知識的「快餐式」文化。這種情況令人擔心。面對着人工智能技術的迅猛發展所導致的對傳統優秀文化內容傳教之退化，如何能繼續將中國文化的人文精神薪火傳承？培育讀書習慣不啻是最好的一種文化訓練。

有感於此，我們認為應該及時為香港教育的這一未來發展趨勢做一套有益於中、大學生的「通識教育」叢書，針對學生或自學者知識過於狹窄、為應試而學習的不良傾向去編選一套「博雅文叢」。錢穆先生曾主張：要讀經典。他在一次演講中還指出：「此時的讀書，是各人自願的，不必硬求記得，也不為應考試，亦不是為着做學問專家或是寫博士論文，這是極輕鬆自由的，正如孔子所言：『默而識之』便得。」我們希望這套叢書能藉此向香港的莘莘學子們提倡深度閱讀，擴大文史知識，博學強聞，以春風化雨、潤物無聲的形式為求學青年培育人文知識的養份。

本編委會從上述六個有關通識教育的範疇中，以第一條作為選擇的方向，以第二條的芝加哥大學認定的「通識應該全部讀經典」作為本文叢的推廣形式，換言之，就是為初中、高中及大專院校的學生而選取的，讀者層面也兼顧自學青年及想繼續進修的社會人士，向他們推薦人文學科的經典之作，以便高中生未雨綢繆，入讀大學後可順利與通識教育科目接軌。

這套文叢將邀請在香港教學第一線的老師、相關專家及學者，組成編輯委員會，分類包括中外古今的文學、藝術等人文學科，而且邀請了一批受過學術訓練的中、大學老師為每本書撰寫「導讀」及做一些補註。雖作為學生的課餘閱讀之作，但期冀能以此薰陶、培育、提高學生的人文素養，全面發展，同時，也可作為成年人終身學習、補充新舊知識的有益讀物。

本叢書多是一代大家的經典著作，在還屬於手抄的著述年代裏，每個字都是經過作者精琢細磨之後所揀選的。為尊重作者寫作習慣和遣詞風格、尊重語言文字自身發展流變的規律，給讀者們提供一種可靠的版本，本叢書對於已經經典化的作品不進行現代漢語的規範化處理，提請讀者特別注意。

「博雅文叢」編輯委員會

二零一九年四月修訂

目錄

姜夔詞小札 ⋯⋯ 231

張炎詞小札

導讀

風流長憶涉江人

沈祖棻以古典詩詞名世，其詞作更轟動當時的舊體文壇，被譽為當代李清照。其少時名作《浣溪沙》，有句云：「有斜陽處有春愁」，時值抗戰，作者以「斜陽」喻國勢，寄意深遠，友人便因此句而稱沈氏為「沈斜陽」。沈祖棻的研究興趣亦在古典詩詞，但所存論文並不多，其主要貢獻是對作品的賞析，她對古典名作往往細致剖析，觀點獨到，極具啟發性，《宋詞賞析》便是其中最具代表性之作。

《宋詞賞析》是沈祖棻的遺稿，是其多年來的教學材料，由其丈夫程千帆整理，在一九八零年正式出版。此書分成〈北宋名家詞淺釋〉及〈姜夔詞小札〉、〈張炎詞小札〉兩部份。〈北宋名家詞淺釋〉據程千帆所言，是一部沒有寫完的講課筆記，因為曾有學生向其提出，婉約詞作，難以肯定其藝術技巧。因應此情況，作者在選詞之時，主要選婉約詞。在具體分析時，亦着重點明每首作品的藝術特質。至於〈姜夔詞小札〉、〈張炎詞小札〉則是沈祖棻讀《雙白詞》時的手批札記，程千帆為方便大眾讀者，從中選取較為完整之批語，整體而言較為簡略，但讀者仍能從中認知到作品的轉折關鍵。可見此書雖然精義迭出，同時因其本質上是教材講義，加上編者以一般讀者作為閱讀對象，因此內容淺近，雅俗共賞。《宋詞賞析》出版已經四十年，其內容卻歷久常新，仍受大眾歡迎，主要得益於此書的三大特點，以下試析述之。

第一，沈祖棻在分析詞作時，往往考證嚴謹，實事求是。這與沈氏的師承學脈有莫大的關係。沈祖棻早年入讀中央大學中文系，跟隨黃侃、吳梅及汪東等大師學習，其中黃侃及汪東均為章太炎高弟，學術上承傳清儒樸學。清代樸學的治學精神，強調考據，反對空談，講求實證。沈祖棻在諸位大師的薰陶下，亦繼承了此優良傳統，分析詞作之時，往往考辨甚詳，如張先的《醉垂鞭》有「昨日亂山昏，來時衣上雲」一句，以形容女子的美態，沈祖棻先從古代女子的衣飾入手，指出這裏寫的是名貴衣服上的花紋，而這些花紋則多是織、繡、畫等方式完成，作者對比古代寫女子衣飾的不同作品，並結合文本中「亂山昏」之形容，認為此處不是部份圖案，而是衣上滿幅雲煙，故應是畫羅。在此基礎上，沈氏認為用上「亂」與「昏」，既寫出一個雲衣美人的形象，又渲染了一種亦幻亦真的氣氛。最後，沈祖棻又追溯了古典文學中以雲寫美女的用例，分別考察了宋玉《高唐賦》、李商隱《重過聖女祠》及曹植《洛神賦》等名篇，從而說明張先《醉垂鞭》的傳承，並指出這種寫法的藝術效果。沈祖棻嚴謹的考辨，一則清晰易懂，令人信服，同時為此寫法溯源，方便初學者吸收更多的古典文學知識及創作技法。

此外，作者又能夠從新的角度思考問題，其觀點往往能夠推陳出新。如書中開首的《菩薩蠻》（平林漠漠煙如織），不少評論家俱視之為李白之作，後來明代的胡應麟質疑此說，並斷定此作出於晚唐人之手，但始終未能提供實質證據，沈祖棻則另闢蹊徑，從詞體發展的角度出發，認為從題材以至風格方面，俱證明此詞不可能是李白所作。沈氏指出，《菩薩蠻》所表現的「羈旅之感」，以及「闊大高遠的境界」，完全擺脫了晚唐五代的的綺麗詞風，而應是北宋前期的產物，因此不可能出自身處盛唐的李白，甚或晚唐人之手。沈氏認為當時人將此詞嫁名李白，只是想為這首詞增高地位，令其在後世流傳，故在缺乏實證的前提下，沈氏將其署名為無名氏。

其次，沈祖棻很重視詞中的比興寄托。在古代文人心目中，詩歌與古文才是文學的大宗，詞只是「小道」，多為文人於宴會中的遊戲之作。後來，清代的常州詞派為了推尊詞體，使之能夠與詩歌比肩，於是把原屬詩歌批評的「比興寄托」說，挪用到詞中。所謂「比興寄托」，就是指作品背後，所隱含的個人情志及家國興亡的寄托。筆者的受業恩師張宏生教授指出，沈祖棻服膺於常州詞派理論。[1] 此外，沈氏曾受業於吳梅及汪東，二人論詞亦強調「比興寄托」，因此，沈祖棻的詞學思想亦以此說為中心，不論創作或是論詞，俱重視其中之托意。詞中的「比興寄托」說，雖到了清代才大行其道，但宋代作為詞之高峰，詞作中除了閨房之事、兒女之情，當中自然亦不乏辭微旨遠之作。沈祖棻選詞及分析之時，亦很重視挖掘其中的寄托。例如沈氏在書中選錄了范仲淹的《漁家傲》，此作寫塞外蕭條景物，與戍邊將士的寂寞心情，作品意境開闊，情調悲涼，明顯屬豪放一派，這有違沈氏為學生解讀婉約詞的原意。筆者認為沈氏破格選取此詞，是因為作者對邊地將士的關懷，突破了當時詞體的內容。詞末「將軍白髮征夫淚」，更可見作者身處其中，既嘆息自身年華老去，亦關懷一般士兵，這種從個人進而觀照到眾生的精神，很切合沈氏「比興寄托」的詞學思想，故她說：「作者身為將軍，但並非高適《燕歌行》中所譴責的那種「戰士軍前半死生，美人帳下猶歌舞」的將軍，所以能夠體會普通將士們的思想感情，他們對家鄉的懷念和崇高的責任感……封建統治階級對於人民的痛苦常常是漠不關心的，更不會想起戍邊將士的辛苦。范仲淹在這裏提出的問題，在他以前，還不曾在文人詞中反映過，以後也不多，因此，是很值得我們重視的。」

此外，如李清照的名作《聲聲慢》，沈氏認為作品中的名句「尋尋覓覓，冷冷清清，淒淒慘慘戚戚」，其妙處正在於以疊字形式由淺入深，表現了作者情感的不同層次，因而詞人成功表達了「難達之情」。沈氏着意把此作放於北宋滅亡的背景底下作出解讀，由此指出作者經歷了國破家亡，親人離逝後，把自己繁雜的情感及巨大悲傷貫注於詞中，如此才能把連用十四個疊字的複雜句式，寫得情真意切、妥貼自然。沈氏這種着重「比興寄托」的解詞方式，令大眾讀者能夠把詞中的不同部份與作者的寄托聯繫起來，有助於他們把握作品的整體結構。

第三，沈祖棻本是詞人，有充足的創作經驗，因此解詞之時，更能把握作者的匠心。如張先《天仙子》有「雲破月來花弄影」句，歷來備受稱譽，更因其寫過三句「影」的名句而被喚作「張三影」。但沈祖棻就指出「認為作者善用『影』字出名，恐怕不完全符合實際情況。」因為一般創作中講究煉字，主要是在虛字下功夫，而實字可以變化的空間不大，故認為此句妙處在「弄」而不在「影」，這些觀點明顯是出於作者創作經驗的累積。

此外，作者不但是詞人，而且精於古典詩，並有創作新詩、散文及小說的經驗，因此他很明白各種文體的特色及界限，她在總結柳永的創作時，就強調不同的文體有不同的功能，能夠承載的主題情感也不同，故詞只是代表作家的其中一個面向，不能以此就斷定一個作家的整體精神面貌。如柳永在詞中之形象雖然放盪不羈，但在詩中，卻有關懷弱小的一面，沈氏以此提示我們，必須對作家的不同文體作深入考察，方能全面認識到其情感世界。現今的古典文學研究，仍有不少只從研究對象的單一文體出發，未能兼顧到其他文體的面向，故結論往往以偏概全，令研究對象面目模糊，因此，沈氏的觀點雖出於四十年前，但至今對我們仍有警惕作用。

現時市面上能找到的古典詩詞賞析浩如沙海，每年仍有許多新作推出，然而《宋詞賞析》置身其中，仍是閃閃生輝。這主要是作者學養深厚，並能做到深入淺出，因而令一代接一代的讀者，能夠藉其文字走入宋詞的美學世界。

何梓慶

註釋：

[1] 張宏生：〈理論的追求與創作的實踐——沈祖棻與比興寄托說〉《詞學》，第十七期，二零零六年，頁一九—三零。

何梓慶，浸會大學中文系哲學博士，煩惱詩社成員，黃棣珊中學籃球隊教練。現任香港浸會大學中文系講師，研究古典文學，創作新詩。

北宋名家詞淺釋

無名氏（一首）

菩薩蠻

平林漠漠煙如織，寒山一帶傷心碧。暝色入高樓，有人樓上愁。　玉梯空佇立，宿鳥歸飛急。何處是歸程？長亭連短亭。

這首詞相傳是李白所作，最初著錄於北宋釋文瑩的《湘山野錄》。據説，魏泰在鼎州（今湖南常德）滄水驛驛樓的牆壁上看到這首詞，不知道是甚麼人作的。後來到了長沙，在曾布家中得見《古集》，才知道是出於李白之手。《古集》，亦作《古風集》，今天已經完全不知道是一種甚麼書。但從此，這首詞就算是李白的作品了。但從明朝胡應麟的《莊嶽委談》起，就因為〈菩薩蠻〉一曲，據唐人蘇鶚《杜陽雜編》的記載，始於晚唐宣宗的時候，生活在盛唐時代的李白不可能用這個調子填詞，疑心它是出於晚唐人的手筆，而嫁名於李白。近人況周頤的《餐櫻廡詞話》則舉出〈菩薩蠻〉的曲名，已見於盛唐時代人崔令欽的《教坊記》，以證其早出，可被李白採用。而浦江清先生《詞的講解》則又說《教坊記》既係雜記教坊掌故的書，後人自然可以隨時增編，並不能斷定〈菩薩蠻〉曲在李白時即已存在，從而將此詞的著作權歸之李白。我們認為，圍繞着〈菩薩蠻〉這個曲調出現的遲早進行爭論，似乎難以解決此詞是否屬於李白這個問題。

我們可以走另外一條路，就是從詞體的發展來考察，看這首詞的題材、風格等是否可能出現在盛唐時代。答案是否定的。中唐文人開始偶爾填詞，從韋應物以迄白居易、劉禹錫的作品，大體上是民歌的模仿。但從溫庭筠以下，就更其文人化了，而且走上了「自南朝之宮體，扇北里之倡風」（歐陽炯《〈花間集〉序》）的道路。像這首〈菩薩蠻〉中所表現的羈旅行役之感，在晚唐、五代詞中是十分生疏的，其所表現的闊大高遠的境界、渾厚清雅的風格，也完全擺脫了花間派以綺艷風情為主的影響。如果拿溫庭筠著名的十四首和韋莊著名的五首〈菩薩蠻〉與這首詞對照，就不難看出，它不但不可能出於盛唐李白之手，也不可能如胡應麟所推斷的，出於晚唐溫庭筠一輩人之手，而應當如浦先生所推斷的，是北宋前期的產物。當時人將其嫁名李白，無非是想為這首詞增高地位，使它得以流傳。這一點，倒是達到了目的。

其實，這首詞是否李白所作，並非重要問題。它是一首傑作，絕不會因為不是李白所作而減價；李白是一位偉大的詩人，也絕不會因為作了這首詞而增價。我們今天只是為了這位題壁的作者沒有留下他的名字而感到惋惜。

有這麼一位旅客，跋涉長途，中路在鼎州滄水驛歇了下來。他在驛樓中憑高望遠，引起了對於鄉土的懷念和欲歸不得的憂傷，於是就在牆壁上題了這首詞。驛是旅客臨時休息的地方，為了各種各樣的事情、懷有各種各樣的感情而奔走道途的人，都得在那裏歇腳。牆壁上題有這樣的詞，是很自然的。

這首詞一上來的兩句沒有明寫這位旅客及其所在之地——驛樓，而是先展示他在樓上所看到的景色：遠遠的一排齊整的樹林，繚繞着迷迷濛濛的煙霧；在樹林背後，又露出了一帶荒涼的山峰，那青碧的山色簡直教人看了傷心。這裏寫的，不但是秋天郊野傍晚時候的風景，而且還是一位旅客眼中所看到的和心中所感到的風景。這兩句雖然沒有寫出眺望風景的人是誰，他又在哪裏眺望，但我們從作者展示的景色中已經可以知道，這絕不是閨中少女所感受的牡丹亭畔的春色，也不是樓頭思婦所見到的長安陌上的風光，而是一位患有懷鄉病的旅客在征途中所望到的秋郊廣闊然而黯淡的暮景。這裏不但描繪了自然的景色，也同時抒寫了人物的心情。這就是所謂景中有情，或情融於景。

這種成功的描寫固然由於作者對於生活有高度的真實感受和敏銳的洞察力，而其語言的精練確切，也大有助於它的表達。在這兩句中，作者用字遣詞，不但極其確切地表現了交織在一起的自然景色和人物心情，而且也強有力地預示了以下的意境和情調。如以「平」形容「林」，構成「平林」一詞，不但確切地寫出了是憑高望遠時所見的樹林，也同時表現了全詞闊大高遠的意境。「漠漠」和「煙如織」，寫出了一片彌漫冥蒙的煙景，真切如畫，而這幅畫面呈現的色彩又是淒黯的，與全詞的情調相合。「寒山」給人帶來的是寒冷和荒涼的感覺。這只能是郊野傍晚的山色，而且是這位旅客所感受到的。「碧」本是青綠色，這裏用來指一般的山色。它可以隨着季節、朝暮、陰晴的變化而有所不同，可以是鮮明的，也可以是黯淡的。而這裏寫的，無疑的是屬於後者。山的碧色用「傷心」來形容，非常奇妙而新穎。因為山本是無知之物，這裏卻用人的感情來表現它，就顯得特別深刻。一方面，人本來傷心，所以眼中的碧山似乎也抹上了一層傷心的顏色；另一方面，將山人格化，看作是有生命、有感情的東西，就覺得這種碧色，正是它傷心的表現，使人看了，更覺傷心。二者互相交感，成為一體，即所謂情景交融。此詞「寒山一帶傷心碧」，認為碧山傷心；李商隱《蟬》「一樹碧無情」，嘆息碧柳無情：相反相成，值得玩味。

林煙織恨，山色傷心，已經使人觸景傷情，何況愈來愈晚，一片灰暗的夜色已經由外邊不知不覺地進入了樓中。這，就給全部圖景塗上了一層灰色，加深了這首詞淒黯的情調。「暝色」不是一種實質的東西，更不能行動，這裏卻用「入」字來形容它的降臨，就更其生動地表現出了它由外而內，逐漸加深的過程，並同時傳達了這位旅客對它的感受。所以「暝色入高樓」這句，從抒情方面說，是加強了人的淒黯、遲暮、孤獨的感覺和情緒；從寫景方面說，是由遠到近，歸結到詞中主人公的所在地。這樣，接以「有人樓上愁」句，點明人物、地點以及人的心情，便不突然。

「有人樓上愁」這一句，承上啓下，是全詞的關鍵，因為整首詞所寫的，全是這個人在驛樓之上所見所感。它對上面三句來說，則是倒敘。按照順序敘述，本來是有人在樓上發愁，於是憑高望遠，如王粲《登樓賦》所說「登茲樓以四望兮，聊暇日以消憂」。然後看到平林煙織，寒山碧暗，反而更添了愁緒。現在卻先寫所見之景，後才點出人物所在地點及其心情，這就使景色及對景生愁之情表現得更為突出；同時，也使「愁」字貫上徹下，增加了它的份量。「有人」，一般指他人，但在古典詩歌中，有時也用來指自己，這裏就是題壁旅客自指。

換頭「玉梯空佇立」，承上片結句來，寫旅客在樓上眺望，為時很久。「梯」是舉部份以代全體，以梯代樓，避免與上「樓」字重複。金玉珠翠一類的字眼，本是詩詞中用來修飾房屋器具的辭藻，但與驛樓不稱。這裏只是借用前人現成的詞語，如李商隱《代贈》「玉梯橫絕月中鉤」之類，並非指玉石製的階梯或者樓臺。有的本子「梯」字作「階」。但「玉階」係指宮殿中的玉石階砌，南朝樂府相和歌辭楚調曲有〈玉階怨〉一曲，內容是寫宮怨的。如此詞用「玉階」，則將主題由旅愁變成了宮怨，與全詞都不合了。因此仍應從《湘山野錄》的原文。以「空」字形容佇立，表現站立的時間雖已很久，還是徒然，有無可奈何的心情。

站了很久，天更晚了，鳥雀都急忙忙地飛回巢裏投宿去了。由鳥想到人，鳥是無知的動物，還有歸宿的要求，人是有感情的，終年在外漂泊、奔走，怎麼能沒有思歸之念呢？由此，自然地引起了最後兩句。「宿鳥歸飛急」，雖然是當前所見，而觸景生情，託物寓意，就使得這句詞同時具有雙關的含義，豐富了它的內容。

由「宿鳥」想到「歸程」，憑高縱目，歸路迢迢，唯有長亭短亭，互相連接，綿綿不盡。末兩句採用了自問自答的方式，上句提問，引起注意，下句作答，加強氣氛。庾信《哀江南賦》：「十里五里，長亭短亭。」亭也就是驛一類的設施。「長亭連短亭」，就是說還不知道要像現在這樣歇多少次中途站，才得到家。亭、驛既多，當然不能盡見，所以這裏是以想像中的未見之亭，來補充目前已到之驛，就更顯得歸程甚遠，歸期難必。

這首詞結構勻稱，上片由遠及近，下片由近及遠；上片景為主，情為輔，景中帶情；下片情為主，景為輔，情中有景。加上意境開闊，情感真摯，故所寫的雖然是一個極其習見的主題，仍然非常動人。

羈旅行役之感這個古典詩歌中極其習見的主題，由於近代物質文明的進步、交通工具的發達與旅途生活的改善，這類作品已經不再像以前那樣容易引起共鳴。而更主要的，則是在今天的新中國，許多人都是在為美好的今天和更美好的明天而在祖國大地上奔馳。世界觀的改變，已經使我們能夠跳出個人的小圈子，對於所謂離鄉背井、羈旅行役之感，不那麼當一回事了。因此這位無名的傑出詞人所提供給我們的，只是一件可供欣賞和借鑑的藝術品，而絕非一部指導生活的教科書。這首詞是如此，以下所要賞析的其他作品基本上也是如此。

范仲淹（一首）

漁家傲

塞下秋來風景異，衡陽雁去無留意。四面邊聲連角起。千嶂裏，長煙落日孤城閉。　濁酒一杯家萬里，燕然未勒歸無計。羌管悠悠霜滿地。人不寐，將軍白髮征夫淚。

在北宋仁宗時代，居住在我國西北地區的党項羌族逐漸強盛起來，建立了夏國。北宋王朝和它作戰，屢次失敗。范仲淹於慶曆元年至三年（公元一零四一——一零四三年）奉命與韓琦等經略陝西，才算穩定了局勢。他在工作當中，愛撫士兵，推誠接待羌族，使漢、羌各族得以和平相處，很得人民的愛戴。他寫過幾首反映邊塞生活的〈漁家傲〉，都以「塞下秋來」開頭。這是其中的一首。

這首詞是寫邊塞的蕭條景色和遠離家鄉、久戍邊塞的將士們的沉重心情的。心情是主，景色是賓。它的結構和無名氏的〈菩薩蠻〉有共同之處，也是上片以寫景為主，而景中有情；下片以抒情為主，而情中有景。景色的描寫，正好襯托出人物的心情，從而更深刻地展示了他們的內心世界。

上片寫景。它一上來就說明了，這裏是邊塞的秋天，與內地的秋天風景有所不同。接着，以候鳥大雁之到了季節要回南方，來坐實「風景異」。「衡陽雁去」，按照一般的語法，應當作「雁去衡陽」；這裏是因為要合於格律，把結構顛倒了。按照情理來說，人，推而大雁在這個地方度過了春、夏兩個季節，現在要離開了。按照情理來說，人，推而至於雁，在一個地方住了相當長的時間，臨別之時，總不免有些依依不捨。桑下三宿，尚且為佛徒所忌，何況兩個季節呢？而竟至於「無留意」，那麼，可見此時此地，已經十分寒苦，實在是無可留戀了。雁的來去，完全是適應氣候，出於本能，根本不存在思想感情的問題。這裏說雁無留意，完全是從人的立場去設想的，因此，這事實上是寫人之所感：雁猶如此，人何以堪？這是寫詞人所感。

第三句寫邊塞上的聲音。泛說「邊聲」，包括一切自然界和人類的聲音，如風聲、雨聲、人喊、馬嘶，都在其內。它們是邊塞上所特有的，因而聽到以後，容易引起懷鄉之情。「邊聲」以「四面」來形容，更顯得其無所不在，充滿了整個空間，雖想不聽，也做不到。下面再接上「連角起」，更進一步寫出這些淒涼的聲音又還是伴隨着軍營中的號角一道發出來的，就更在淒涼之外加上了悲壯的氣氛。這種加倍渲染的手法，也是為了加深人所感受的描寫。這是寫詞人所聞。

第四、五句寫邊塞上的景色。在數不清的山峰像屏障一樣的圍繞之中，傍晚的時候，煙霧瀰漫，即將西沉的太陽正照射着一座緊閉了門的孤零零的城堡，這是多麼荒涼的景色！「長煙」的「長」字，在這裏是廣闊的意思，它與「落日孤城」的「落」字、「孤」字合色，都是為了形容環境的遼闊荒涼而挑出來使用的。而孤城緊閉，則又顯示了戒備森嚴，在冷落的背後，隱隱地露出了緊張的局勢。這是詞人所見。

所感、所聞、所見如此，那麼，身臨其境的人，不免有懷鄉之念，就很自然了。

下片以抒情為主。在這種環境之中，欲歸不得，唯有借酒澆愁。但是，「濁酒一杯」，怎麼能夠排遣離家萬里的鄉愁呢？結果是如李白《宣城謝朓樓餞別校書叔雲》中所說的，「舉杯消愁愁更愁」了。「一杯」和「萬里」相對為文，是強烈的對照。「家萬里」，點出路途遙遠，回鄉困難，但它卻不是不能回家的主要原因。主要的原因是還沒有完成朝廷交給的任務，還沒有能夠如東漢竇憲那樣，打退匈奴統治者的侵擾，在燕然山勒石紀功，然後勝利地班師回朝。在這裏，詞人寫出了邊防將士們的責任感。在嚴峻的環境裏，雖然對家鄉非常懷念，但是，面對着侵擾者，他們是絕不會放棄自己的責任的。

在完成抗擊侵擾的任務以前，當然是無法回鄉的，只有在這裏堅持下去。傍晚之時，對景思鄉，欲歸不得，借酒澆愁，消磨了許多時光，已經由黃昏進入深夜，這時，聽到的是悠長的羌笛，看到的是銀白的濃霜，怎麼能夠入睡呢？詞中這位人物，可以是指詞人自己，也可以是泛指某一位將軍或征夫，因為他們的感情是共同的。將軍的年紀當然大些，久戍邊城，備極辛勞，已生白髮，而征夫則流出了眼淚。末句極寫久戍之苦，結出主旨。

一方面，邊塞寒苦，久戍思鄉；另一方面，責任重大，必須擔負，這是詞中所描寫的一對矛盾。詞中篇幅絕大部份是寫前一方面的，但只用「燕然未勒歸無計」一句，便使後一方面突出，成為這對矛盾的主要矛盾面，正如俗話所說的「秤砣雖小壓千斤」。用傳統的文學批評術語來說，就是：「發乎情，止乎禮義。」

作者雖然身為將軍，但並非高適《燕歌行》中所譴責的那種「戰士軍前半死生，美人帳下猶歌舞」的將軍，所以能夠體會普通將士們的思想感情，他們對家鄉的懷念和崇高的責任感。

封建統治階級對於人民的痛苦常常是漠不關心的，更不會想起戍邊將士的辛苦。范仲淹在這裏提出的問題，在他以前，還不曾在文人詞中反映過，以後也不多，因此，是很值得重視的。賀裳《皺水軒詞筌》說：「按宋以小詞為樂府，被之管弦，往往傳於宮掖。范詞如『長煙落日孤城閉』、『羌管悠悠霜滿地』、『將軍白髮征夫淚』，令『綠樹碧檐相掩映，無人知道外邊寒』者聽之，知邊庭之苦如是，庶有所警觸。此深得《采薇》、《出車》、『楊柳』、『雨雪』之意。」（「綠樹」二句，見吳融《華清宮二首》之一）這話是很有見地的。

張先（三首）

一叢花令

傷高懷遠幾時窮？無物似情濃。離愁正引千絲亂，更東陌、飛絮濛濛。嘶騎漸遙，征塵不斷，何處認郎蹤？　雙鴛池沼水溶溶，南北小橈通。梯橫畫閣黃昏後，又還是、斜月簾櫳。沉恨細思，不如桃杏，猶解嫁東風。

這首詞寫的是一位女子在她的情人離開之後，獨處深閨的相思和愁恨，仍然是一個古老的主題——閨怨。但由於它極其細緻地表現了詞中女主人對環境的感受、對生活的情緒，還是很有魅力。

全篇結構，上片是情中之景，下片是景中之情。一起寫愁恨所由生，一結寫愁恨之餘所產生的一種奇特的想法。它條理清楚，不像以後的周、秦諸家，在結構上變化多端。周濟在《〈宋四家詞選〉序論》中說作者的詞「無大起落」，這首詞也可為證。

上片倒敘。本來是情人別去，漸行漸遠，柳絲引愁，飛絮惹恨，因而覺得傷高懷遠，無窮無盡，從而產生「無物似情濃」的念頭。但它一上來卻先寫出由自己切身的具體感受而悟出的一般的道理，將離別之苦、相思之情，概括為「傷高懷遠」。「幾時窮」，是問句，下面卻不作正面的回答，而但曰：「無物似情濃。」所以這「幾時窮」，事實上乃是說無窮無盡，有「此恨綿綿」之意。因為人孰無情，只要有情，就會「傷高懷遠」，何況此情又是極其濃厚，無物可比的呢？

愛情自來是人類社會生活的基本內容之一。古典作家一貫珍重並且歌頌真摯、純潔的愛情，所以許多人都對此鄭重地言及，而更多的人則在其作品中表現了這一點。張先的另一首〈木蘭花〉有云：「人生無物比多情，江水不深山不重。」元好問〈摸魚兒〉有云：「問世間情是何物，直教生死相許？」湯顯祖《牡丹亭》有云：「世間只有情難訴。」洪昇《長生殿》有云：「借《太真外傳》譜新詞，情而已。」《紅樓夢》中有一副對聯寫的是：「厚地高天，堪嘆古今情不盡；癡男怨女，可憐風月債難償。」都是此意。斯大林在讀了高爾基寫的《少女與死神》以後，也肯定了他寫的「愛戰勝死」這個主題。當然，在階級社會中，不同的階級對愛情有不同的價值觀念，對它在社會生活中的比重也有不同的看法，不能等同起來，一概而論。

第三句接着由一般的、概括的敍述延伸到具體的、個別的描寫。「傷高懷遠」，無非由於離別。離愁的紛亂，用千絲楊柳來比喻，不但將情和景巧妙地結合在一起，而且將抽象的感情形象化了。柳絲撩亂，已惹離愁；何況飛絮蒙蒙，漫天無際，顛狂輕薄，更是惱人！所以「更東陌」兩句，在寫景方面是自然的聯繫和開拓，在寫情方面則是進一層地展示了她的內心活動。古人風俗，折柳贈別，柳和離別，關係很深。這裏不寫別時折柳相贈，而寫別後見柳相思，就擺脫了俗套。吳文英〈風入松〉「樓前綠暗分攜路，一絲柳、一寸柔情」，也很新穎，可以算得此詞的後勁。

「嘶騎」以下，直揭愁恨的由來。叫着的馬兒走遠了，空望見一片揚起的路塵，再也無法辨認他的蹤跡了。這三句是寫別後登高，心中所想、目中所見的情景，下文「梯橫畫閣」可證，亦見上文「傷高」二字，並不是為了陪襯「懷遠」，而隨意安上去的。

下片由景及情，池水溶溶，小船來往，是戶外所見。小船南來北往，各人忙着自己的事情，對於女主人的心情，是無從了解，也無暇顧及的。可是，池中又偏偏有成雙成對的鴛鴦，她觸景生情，就自然不能不產生人不如物之感。這裏沒有明寫她的孤獨和感慨，卻為結句伏下了線索。

「梯橫」二句，直接首句「傷高懷遠」來。上句言黃昏之後，要想再像白天那樣登高望遠，也不可得，只有深閨獨坐；下句言即使挨過黃昏，也無非對着斜照在簾櫳上的月光，仍是無聊。「又還是」三字，下得巧妙，因為它不但點明了黃昏難遣，入夜尤其難遣，而且暗示了不但此夜難遣，夜夜也都難遣的心情。

夜夜獨坐獨眠，百無聊賴，不能不恨，不能不思，甚至於不能不「沉恨細思」。四字千錘百煉，千回百轉，極其沉重有力，直逼出收尾兩句來，就説明她是怨到極點了。而「沉恨細思」之故，仍是由於「情濃」。情若不濃，怎會怨極？這就顯得首尾照應，一氣貫穿。《皺水軒詞筌》云：「唐李益詩曰：『嫁得瞿塘賈，朝朝誤妾期。早知潮有信，嫁與弄潮兒。』子野（一叢花）末句云：『沉恨細思，不如桃杏，猶解嫁東風。』此皆無理而妙。」所謂「無理」，乃是指違反一般的生活情況以及思維邏輯而言；所謂「妙」，則是指其通過這種似乎無理的描寫，反而更深刻地表現了人的感情。在文學中，無理和有情，常常成為一對統一的矛盾。歐陽修極其推重這結尾的兩句，正是因為它通過這個具體而新奇的比喻，表達了女主人極細微而深刻的心思，揭示了她在寂寞的生活中，有多少自憐自惜、自怨自艾在內。這位女主人對愛情的執着、對青春的珍惜、對幸福的嚮往、對無聊生活的抗議、對美好事物的追求，通過這一新奇的比喻，一下子都透漏出來了。「妙」，就妙在這裏。

天仙子

時為嘉禾小倅，以病眠，不赴府會。

水調數聲持酒聽，午醉醒來愁未醒。送春春去幾時回？臨晚鏡，傷流景，往事後期空記省。　沙上並禽池上暝，雲破月來花弄影。重重簾幕密遮燈，風不定，人初靜，明日落紅應滿徑。

張先在嘉禾（今浙江嘉興）做判官，約在仁宗慶曆元年（公元一零四一年），年五十二。據題，這首詞當作於此年。但詞中所寫情事，與題很不相干。此題可能是時人偶記詞乃何地何時所作，被誤認為詞題，傳了下來。

這首詞乃是臨老傷春之作，與詞中習見的少男少女的傷春不同。一上來就寫出了這一點。持酒聽歌，本是當時士大夫享樂生活的一部份。可是，這位聽歌的人所獲得的不是樂，而是愁。這種愁，又還不是在歌、酒中偶然感觸到的淡淡的愁，而是長久以來就埋藏在心底的一種深沉的、執着的愁，所以午醉雖醒，而愁仍不醒，也就是李白所謂「抽刀斷水水更流，舉杯消愁愁更愁」（《宣城謝朓樓餞別校書叔雲》）。

下面極寫致愁的原因，點明主旨。「送春」一句，明知四時變化，明年還有春天，卻定要問她甚麼時候回來，好像毫無常識。這當中，就包含有多少低回留戀在內。這種心情，只有臨老的人才有，所以就接以「臨晚鏡，傷流景」。杜牧《代吳興妓春初寄薛軍事》云：「自悲臨曉鏡，誰與惜流年。」這裏用杜詩而改「曉鏡」為「晚鏡」，一字之差，情景全異。杜詩是《牡丹亭．驚夢》中「如花美眷，似水流年」之感，而本詞則是王安石《壬辰寒食》中「巾髮雪爭出，鏡顏朱早凋」之感。所以問「春去幾時回」者，表面上是問自然界的春天，實際上是問自己生命中的青春時代。而人的青春不會再來，這也和自然界的春天會再來一樣，都是無須問，也無須答的。人總是在時光的流逝中活動着。詞人由流光之易逝，想到人事之無憑，回首過去，則往事成空，瞻望將來，則後期無定，因而覺得流光堪悲，人事就更堪悲了。

「空記省」，與「愁未醒」相應。正因為想也無益，才更覺愁之難消。

上片寫人之愁悶無聊，由午及晚；下片則專寫晚景。「沙上」二句，傍晚所見。「沙上並禽」，用以對照自己的塊然獨處。「雲破」一句，是千古傳誦的名句。其好處在於「破」、「弄」兩字，下得極其生動細緻。天上，雲在流；地下，花影在動：都暗示有風，為以下「遮燈」、「滿徑」埋下伏線。而且見出進屋之前，主人公又在池畔徘徊一陣子了。

詞人在當時就有一個綽號，叫做「張三影」，意思是說他寫過三句其中用了「影」字的名句。我們查他現存的詩詞，用有「影」字的好句子，共有六句，其中一句是詩，五句是詞。《華州西溪》：「浮萍破處見山影，小艇歸時聞草聲。」〈天仙子〉：「沙上並禽池上暝，雲破月來花弄影。」〈青門引〉：「那堪更被明月，隔牆送過鞦韆影。」〈歸朝歡〉：「嬌柔懶起，簾押捲花影。」〈剪牡丹〉：「柳徑無人，墮飛絮無影。」（一作「柔柳搖搖，墜輕絮無影」）〈木蘭花〉：「中庭月色正清明，無數楊花過無影。」前人所指「三影」，句子也不盡同，無須深究。應當指出的是：一般創作中講究煉字，主要是在虛字方面下功夫，實字方面，可以伸縮變化的餘地是不多的。從這些名句來看，主要的好處也都表現在虛字上面，或者說是用的虛字與「影」字配合極為恰當。有人認為作者以善於用「影」字出名，恐怕不完全符合實際情況。王國維《人間詞話》說：「『雲破月來花弄影』，著一『弄』字而境界全出矣。」他不注意「影」字而注意「弄」字，很有見解。

「重重」三句，極寫進屋以後，風狂人靜之情景。結句仍應上「送春」，是說今晚還可以看到「花弄影」，大風之後，明天所見到的，唯有「落紅滿徑」，春就更可傷了。

嘆老嗟卑，是封建社會不得志的文人的常見情緒，其中也包含有一些優秀人物在那種黑暗時代被迫無所作為的憤惋，對於今天的讀者來說，是有其認識作用的。

醉垂鞭

雙蝶繡羅裙，東池宴，初相見。朱粉不深勻，閒花淡淡春。　細看諸處好，人人道，柳腰身。昨日亂山昏，來時衣上雲。

這首詞是酒筵中贈妓之作，以寫其人的裝束開頭，但只寫了一半，即她所穿的裙子。羅裙上繡着雙飛的蝴蝶，已經很漂亮了，但等到讀了結句，才知道，更漂亮的、能夠使人產生豐富的聯想的，還不是她的裙，而是她的衣。

「東池」兩句，記相見之地——東池，相見之因——宴，並且點明她「侑酒」的身份。「朱粉」兩句，接着寫其人之面貌，而着重於化妝的特徵——淡妝。詞人在這裏，擺脱一切正面描繪，而代之以一個確切的、具體的比喻，這樣，就將她的神情、風度，都勾畫出來了。試想，濃麗的春光中，萬紫千紅之外，別有閒花一朵，帶着淡淡的春色，在花叢中開放，幽閒淡雅，風韻天然，在許多「冶葉倡條」之中，顯得多麼出色！

這裏涉及欣賞中一與多的變化的問題。在一般情況下，多數女子並不濃妝（在詞中，又稱為嚴妝、凝妝），所以一個濃妝的，便顯得出眾。但是上層社會的行樂場所，或是貴族宮廷裏，多數女子都作濃妝，一個淡妝的，就反而引人注目了。唐朝的虢國夫人便很懂得這個道理，所以常常「素面朝天」。張祜為之作詩道：「虢國夫人承主恩，平明騎馬入宮門。卻嫌脂粉污顏色，淡掃蛾眉朝至尊。」而裴潾詠白牡丹則寫道：「長安豪貴惜春殘，爭賞街西紫牡丹。別有玉盤承露冷，無人起就月中看。」便是諷刺那些豪貴們不懂這個道理。（唐人重深色牡丹，白居易《買花》

云：「一叢深色花，十戶中人賦。」）我們平常讚美一件東西、一個作品等，說它新奇別致，其中往往就包含了這個一與多的問題。張先顯然受了張祜等的啓發，但「閒花淡淡春」一句，仍然很有創造性。唐人稱美女為春色，如元稹稱越州妓劉采春為「鑑湖春色」。此詞「春」字，也是雙關。

換頭三句，是倒裝句法。人人都說她身材好，但據詞人看來，則不但身材，實在許多地方都好，而這「諸處好」，又是「細看」後所下的評語，與上「初相見」相應。柳與美女之腰，同其婀娜多姿，連類相比，詞中多有。如溫庭筠〈楊柳枝〉云：「宜春苑外最長條，閒裊東風伴舞腰。」又〈南歌子〉云：「轉盼如波眼，娉婷似柳腰。」不獨白居易「櫻桃樊素口，楊柳小蠻腰」之詩，為世人所熟知而已。

結兩句寫其人的衣。古人較為貴重的衣料如綾羅之類上面的花紋，或出於織，或出於繡，或出於畫。出於織者，如白居易《繚綾》：「織為雲外秋雁行。」出於繡者，如溫庭筠〈南歌子〉：「胸前繡鳳凰。」出於畫者，如溫庭筠〈菩薩蠻〉：「畫羅金翡翠。」此詞寫「衣上雲」，而連及「亂山昏」，可見不是部份圖案，而是滿幅雲煙，以畫羅的可能性較大。詞人由她衣上的雲，聯想到山上的雲，而未寫雲，先寫山，不但寫山，而且寫亂山，不但寫亂山，而且寫帶些昏暗的亂山，這就使人感到一朵朵的白雲，從昏暗的亂山中徐徐而出，佈滿空間。經過這種渲染，就彷彿衣上的雲變成了真正的雲，而這位身著雲衣的美女的出現，就像一位神女從雲端飄然下降了。這兩句的作用，絕不限於寫她穿的衣服的別致，更主要的是製造了一種氣氛，襯托出並沒有正面大加描寫的女主人形象的優美、風神的瀟灑。本來只是描寫衣上花紋，卻用大筆濡染，畫出了一片混茫氣象，並且寫到這裏，就戛然而止，更無多話，收得極其有力。所以周濟在《宋四家詞選》中，評為「橫絕」。作者另一首〔師師令〕中，有「蜀彩衣長勝未起，縱亂雲垂地」之句，用意略同，但不及此詞之生動和渾成。

這裏還涉及欣賞中真與幻的聯繫的問題。將美女與雲聯繫起來，始於宋玉《高唐賦》。賦中神女自白說：「妾在巫山之陽，高丘之阻，旦為朝雲，暮為行雨。朝朝暮暮，陽臺之下。」又宋玉對楚王問朝雲之狀，有云：「湫兮如風，淒兮如雨。風止雨霽，雲無處所。」賦中神女，是宋玉以人間美女為模型而塑造的，就這一點來說，是真的，而她同時又是「無處所」的雲，或隨身環繞着雲的神，則是幻的。因此，她是一個既有人的情慾，又有神的變化，又真又幻的形象，當然比一般人間的美女更吸引人。李商隱《重過聖女祠》「萼綠華來無定所」，即以另外一個仙女萼綠華來暗比巫山神女，以表現其真而又幻、仙而又凡的特點，可謂深明賦意。本詞「昨日」兩句，很清楚地也是脱胎於《高唐賦》，而從其人所著雲衣生發，就使人看了產生真中有幻之感，覺得她更加飄然若仙了。曹植《洛神賦》寫洛神渡水云：「體迅飛鳧，飄忽若神，淩波微步，羅襪生塵。」在水波上走路，是幻；走路而起灰塵，則是真。而説淩波可以微步，微步可使羅襪生塵，又使真與幻統一了起來，同樣顯示出她同時具有人和神的特點，可為旁證。文學中這種真與幻，或人間的與非人間的情景的聯繫，往往能夠使人物形象和景色描寫更為豐滿而美妙。

筵前贈妓，題材純屬無聊。但詞人筆下這幅素描還是動人的。「鬧花」一句所給予讀者的有關一與多的啓示，「昨日」兩句所給予讀者的有關真與幻的啓示，也可供今天寫詩的參考。

晏殊（二首）

蝶戀花

檻菊愁煙蘭泣露。羅幕輕寒，燕子雙飛去。明月不諳離別苦，斜光到曉穿朱户。　昨夜西風凋碧樹。獨上高樓，望盡天涯路。欲寄彩箋無尺素，山長水闊知何處？

這首詞也是寫離別相思之情的。時間是由夜到曉，地點是由室內、室外而到樓上。

上片寫詞人在清晨時對於室內、室外景物的感受，由此襯托出長夜相思之苦。首句寫景物，不但點明了時令——秋天，並且描繪了環境的幽美，借以暗示人物的閒雅。菊而曰「檻菊」，則是在庭院廊廡之間。菊花籠着輕煙，蘭花帶有露點，則是在清曉。用「愁」來表達菊在「煙」中所感，用「泣」來解釋蘭上何以有「露」，說的是菊與蘭的心情，實際上是通過菊與蘭的人格化，來表明人的心情，亦物亦人，物即是人。這一句只有七個字，但卻寫出了景物、地點、季節、時間和人物的情緒、感覺，沒有一個字是多餘的，或可有可無的，可稱精練。假如我們將這一句寫成「黃菊初開蘭蕊吐」，同樣是寫了秋天的景物，寫了菊、蘭，可是形象和意境就單薄多了。即使只改成「檻菊含煙蘭帶露」，那也不成，因為兩字之差，就抽掉了恰恰是詞人所要着重表達的對景生情這一點。它就不能一開頭便籠罩全篇，使讀者即時體會那種充滿了離愁別恨的氣氛。

第二、三句寫清晨燕子從簾幕中間飛了出去。古代富貴人家，堂前多垂簾或幕。燕巢梁上，進出必須穿過簾幕。「輕寒」，是新秋早晨的氣候，而「雙飛」則反襯人的孤獨。一清早，燕子自管自地穿過簾幕，雙雙飛走了，卻不顧屋裏還有一個孤獨的人，就含有燕子無情之感，從而暗中過渡到下文對明月的公然埋怨。

第四、五句寫在天亮以後，還有殘月的餘暉斜射房中，因而回想起昨夜的月光，竟是這樣地整整照了一夜，使人無法入夢，直到現在，它還不肯罷休。它之所以這樣，不正是因為不知道離別的痛苦嗎？這種無理的埋怨，正是無可奈何的心情的表現。明月本是無知之物，可是作家卻賦予它以生命和感情，使它為自己的創作意圖服務。所以同一明月，晏殊可以說「明月不諳離別苦，斜光到曉穿朱戶」，而張泌則可以說「多情只有春庭月，猶為離人照落花」（《寄人》）。同一楊柳，劉禹錫可以說「長安陌上無窮樹，唯有垂楊管別離」（〈楊柳枝〉），而韋莊則可以說「無情最是臺城柳，依舊煙籠十里堤」（《臺城》）。但不管作家的感覺如何，這種藝術手段總是可以使景與情交織起來，從而更具體和深刻地表達他們自己的心情的。

下片寫這首詞的主人公，也就是作者，經過一夜相思之苦以後，清晨走出臥房，登樓望遠。當他「獨上高樓」的時候，最先收入眼底的是一片空闊，連遠到天邊的路也可以看到盡頭，甚麼遮攔阻隔都沒有。於是才回想起昨天那個不眠之夜裏所聽到的風聲、落葉聲，恍然悟出，是昨夜西風很厲，一夜之間，把樹上的綠葉都吹落了。「高樓」伏下句「望盡」。「獨上」是說人之寂寞，與上「燕子雙飛」對照。三句總寫登高望遠，難遣離愁，境界極為高遠闊大，與無名氏〈菩薩蠻〉「平林漠漠」等四句相近。

結兩句承「望盡」句來。雖「望盡天涯路」，終不見天涯人，那麼，相思之情，只有託之於書信了。然而，要寫信，又恰恰沒有信紙，怎麼辦呢？這裏「彩箋」即是「尺素」。一個家有「檻菊」、「羅幕」、「朱戶」、「高樓」的人，而竟「無尺素」，這顯然是他自己也不相信的、極為笨拙的推托。而其所以寫出這種一望而知的托詞，則又顯然出於一種難言之隱。比如說，她是否變了心呢，或者是嫁了人呢？他現在是無法知道的。所以接着又說，即使有尺素，可山這樣連綿不盡，水這樣廣闊無邊，人究竟在甚麼地方都不明白，又何從去寄呢？這兩句極寫訴說離情的困難和間阻，將許多難於説、或不願說的情事，輕輕地推托於「無尺素」，就獲得了意在言外、有餘不盡的藝術效果。一本「無」作「兼」，則是加重語氣，說是寄了「彩箋」，還要寄「尺素」，以形容有許多話要說，義亦可通，但不如「無」字的用意那麼曲折、深厚。

作者另一首〈踏莎行〉云：「碧海無波，瑤臺有路，思量便合雙飛去。當時輕別意中人，山長水遠知何處？綺席凝塵，香閨掩霧，紅箋小字憑誰附？高樓目盡欲黃昏，梧桐葉上瀟瀟雨。」拿來和本詞一比，我們就可以看出，其主題、題材、人物、景色、情事無不相同或極其相似。然而，在晏殊的筆下，這兩首詞卻各自成為一個完整的、不可重複的藝術形象。古典作家這點兒本領，很可供我們借鑑。

破陣子

燕子來時新社，梨花落後清明。池上碧苔三四點，葉底黃鸝一兩聲，日長飛絮輕。　巧笑東鄰女伴，採香徑裏逢迎。疑怪昨宵春夢好，原是今朝鬥草贏，笑從雙臉生。

這首詞寫的是古代閨閣中少女們春天生活的一個片段。詞人用寫生的妙筆，在讀者面前展開了一幅仕女圖，而美麗的春光則是它的背景。景色是那麼鮮明，人物是那麼生動，全篇充滿着青春的歡樂氣息。這在古代描寫婦女生活的作品中是不多的。在封建社會中，婦女們都是受壓迫的，就是上層社會的婦女也不例外，因而她們的苦難是特別深重的。許多作品反映了她們悲慘的遭遇和堅決的反抗，也就顯示了她們對於生活的熱愛，對於美好理想的嚮往。而少女們又是特別富有樂觀精神的，儘管在重重壓迫和束縛之下，其青春活力也不會完全被封建禮教勢力所窒息。這首詞通過閨閣中日常生活的描繪，也從一個側面證明了這一點。

詞以上片寫景，下片寫人。它以一聯對句開頭，寫景而兼點明季節。用燕子、梨花帶出新社和清明兩個節日。社日是祭社神——土地神的日子，有春、秋兩社，新社即春社，是在春分前後的戊日。古代上層婦女是不勞動的，但平常也要做些針線活。每逢社日，就可以放下針線活，從事遊玩。所以張籍的《吳楚歌詞》說：「今朝社日停針線。」清明在春分後十五日，是古代上墳祭祖的日子，也是婦女們可以出門踏青挑菜的日子。從春社到清明，都是春光最好的時候。詞人將人物安排在這個特定的時間裏，就已經使讀者感到春氣的融和與春景的絢爛，彷彿置身在暖洋洋的春光中，看到燕子飛翔、梨花飄落一樣了。如果我們對古代上層婦女在封建禮教壓迫之下深閉幽閨的生活有所了解，體會到她們乍從閨閣走向園林、走向大自然的懷抱時，對於春天的美好和新鮮的感覺，以及得到暫時的精神解放後輕鬆愉快的心情，那麼，我們就能夠分享詞中少女們的歡樂了。《牡丹亭》中杜麗娘遊園時，不也是以「不到園林，怎知春色如許」這樣充滿驚喜的口吻開場嗎？

三、四兩句仍用對偶，描繪出一個極其幽靜的園子來。園中有個小小池塘，池邊疏疏落落地點綴着那麼幾點青苔。在茂密的樹林裏，時時有黃鸝在枝葉的深處偶然啼叫那麼幾聲，來打破這靜寂的空氣。歇拍（上片的結句）寫春天的日子，在這幽靜的環境裏，更顯得特別悠長。而在這寂寥的長日裏，似乎一切都是靜悄悄的，只有一些柳絮，在空中飄來飄去。這就將上面幾句所寫情景一起烘托了出來，有前人所說的「畫龍點睛」之妙。

下片寫人物，頭兩句的意思是從上片貫穿而來。在這樣美好的春天、這樣漫長的日子、這樣寂寥的環境裏，年輕人又怎麼耐得住呢？於是，就想要到東邊鄰居家裏去找女伴來遊戲了。恰好，就在邊走邊採摘花草的小路上，那位姑娘也正帶着笑容走了過來。「巧笑」，寫出東鄰那位姑娘笑眯眯地帶着聰明而調皮的神氣；「採香」，則暗示出下文有鬥草的情事。

下面三句寫兩位姑娘鬥草。鬥草是古代婦女玩的一種遊戲，體現出她們對於名花異草的知識和愛好。敦煌卷子中有〈鬥百草〉四首，是唐代的大曲，可見這種遊戲，唐時已盛行於民間。《紅樓夢》第六十二回中也曾有詳細的描寫。雖然宋代的鬥草和清代的鬥草的細節可能有所不同，但大體上總差不多，可以參看。鬥草贏了鄰居，使得這位少女充滿了歡樂。她忽然想起：怪不得昨天晚上做了那樣一個好夢，原來是今天鬥草要贏的兆頭啊！越想越高興，臉上就顯出得意的笑容來了。「笑從雙臉生」，將笑寫得非常自然天真。這是少女的毫無做作的笑，從內心深處發出的笑。僅僅為着贏了鬥草，就這麼高興，這也只有感情純潔得像水晶一樣的少女才會這樣的。

下片人物的活動，主要是鬥草，然而作者卻有意避開了對於鬥草場面的正面描寫，而只寫了人物在鬥草前後的活動和心情，因為抒情詩並不是小説，更不是一本指導如何玩鬥草遊戲的書。這個道理不用多講。

這首詞純用白描，展示了古代少女的純潔心靈。筆調活潑，風格樸實，與主題相稱。

歐陽修（一首）

踏莎行

候館梅殘，溪橋柳細，草薰風暖搖征轡。離愁漸遠漸無窮，迢迢不斷如春水。　寸寸柔腸，盈盈粉淚，樓高莫近危欄倚。平蕪盡處是春山，行人更在春山外。

這首詞寫的是一個旅人在征途中的感受。上片寫男性行者途中所見所感，下片寫旅人想像中的女性居者對他的懷念。

它以對句開頭。候館，即旅舍。候館、溪橋，點明征途；梅殘、柳細，點明時令，在讀者眼前展開了一片初春景色。

第三句接着仍然寫了初春景色，春風已經是暖洋洋的，原野上的春草也散發着一陣陣的香氣，而旅人卻正在這麼吸引人的環境之中，搖動着馬繮，走上征途。這句承上啓下，由春景過渡到離愁。江淹《別賦》：「閨中風暖，陌上草薰。」上句屬女性居者，下句屬男性行者。此句用江賦而小變其意，將風暖、草薰都歸之於行者中途所見。

四、五兩句，接寫中途所感。在這麼美好的春光中，不能留在家鄉，和愛人一起欣賞景物，卻要跋涉長途，到遙遠的地方去，怎麼能夠不引起離愁呢？馬不停地走着，離家是愈來愈遠了。路程，長了；時間，久了，是不是把離愁沖淡了一些呢？詞人回答說：不。相反地，它卻隨着空間和時間的差距而更增加了。這離愁，正像沿途經過的河流。春水是那樣的無窮無盡，永遠不斷，眼前所見與心中所感，真是再也沒有這樣吻合的了。抽象的感情，在詞人筆下，變成了具體的形象，這就不但使人更其容易感受，而且這種感受還極為親切。以流水與離愁關合，是詞人們常用的一種表現方式。在歐陽修以前，則如南唐李中主〈攤破浣溪沙〉云：「青鳥不傳雲外信，丁香空結雨中愁。回首綠波三峽暮，接天流。」在他以後，則如秦觀〈江城子〉云：「西城楊柳弄春柔。動離憂，淚難收。……便做春江都是淚，流不盡，許多愁。」而李詞渾樸，歐詞真摯，秦詞工巧，風格各異。至如南唐後主〈虞美人〉之「問君能有幾多愁？恰似一江春水向東流」之啓發了歐詞，更屬顯而易見。

下片寫行者自己感到離愁之無窮無盡，於是推想到居者也一定相同。她必然是痛心流淚，登高望遠，而產生如張先詞中所寫的那種「嘶騎漸遙，征塵不斷，何處認郎蹤」的感傷了。「樓高」以下三句，是行者心中設想的居者心裏的話。她說：別上樓去靠着那高高的欄杆癡望了吧！人已經走得太遠，望不着了。能望到的，只不過是一片長滿青草的平原，即使望到了草原的盡頭，又還有春山擋住了視線，而人又還在春山之外，如何看得見呢？行者由自己的離愁推想到居者的離愁，又由居者有離愁而想到她會登高望遠，想到她要登高望遠而又遲疑不決。層層深入，有如剝蕉。

范仲淹《蘇幕遮》云：「山映斜陽天接水，芳草無情，更在斜陽外。」本詞云：「平蕪盡處是春山，行人更在春山外。」一向被人認為是相類的名句。它們的特徵在於，將情景融成一體，在想像中更進一層。斜陽已遠，而芳草更在斜陽之外；春山已遠，而行人更在春山之外：就更其令人不能為懷。與這種表現手法可以比較的，則是作家們有時又不從想像而從事實著筆。張潮《江南行》云：「茨菰葉爛別西灣，蓮子花開猶未還。妾夢不離江上水，人傳郎在鳳凰山。」劉采春《羅嗊曲》云：「那年離別日，只道住桐廬。桐廬人不見，今得廣州書。」本以為他在江水邊，誰知道卻跑到鳳凰山去了。本以為他在桐廬，想不到卻從廣州來了信。這，叫人的感情怎麼追得上他的腳跡呢？一寫想像，一寫事實，但其由於景的擴大而增加了情的容量，則正相同。

讀這首詞，特別是下片，還應當參看梁元帝的《蕩婦秋思賦》。賦起云：「蕩子之別十年，蕩婦之居自憐。登樓一望，唯見遠樹含煙。平原如此，不知道路幾千？」下又云：「妾怨回文之錦，君思出塞之歌。相思相望，路遠如何！」寫法基本相同。只是：景色，春、秋各異；人物，詞以男性行者為主，女性居者為賓，賦則主賓互易而已。（蕩婦是長期在外鄉流浪的人的妻子，即蕩子婦，不是風流放蕩的婦人的意思）然而詞自是詞，賦自是賦，細玩自知。

柳永（七首）

雨霖鈴

寒蟬淒切。對長亭晚，驟雨初歇。都門帳飲無緒，方留戀處，蘭舟催發。執手相看淚眼，竟無語凝咽。念去去、千里煙波，暮靄沉沉楚天闊。　多情自古傷離別，更那堪、冷落清秋節！今宵酒醒何處？楊柳岸、曉風殘月。此去經年，應是、良辰好景虛設。便縱有、千種風情，更與何人說？

這首詞是作者離開汴京，與情人話別之作。「寒蟬」寫當前景物，點明節令，直貫下片「清秋節」，不但寫所聞、所見，兼寫所感。「長亭」寫地，暗寓別情。「晚」點明時間，為下面「催發」張本。「驟雨」是「留戀」之由，「初歇」則是「催發」之由。本來該走了，忽然下了一陣急雨，乘此機會，又留戀了一會兒，可是天色已晚，雨開始停了，這就真該走了。由「都門」字，知此詞作於汴京，「帳飲」是別筵，而以「無緒」二字帶過，因為滿腹離愁別恨，吃，也不香；飲，也不暢，實在沒有甚麼可說的。這就暗示了留戀之情深，別離之味苦。駕船的，「催發」；乘船的，「留戀」。「留戀」，則不忍別；「催發」，則不得不別。主觀意願與客觀形勢之矛盾，使別情達到高潮。以句法論，才說「帳飲」，已指明「無緒」，正在「留戀」，又被人「催發」，好像都沒有完，所以陳匪石先生在《宋詞舉》中稱之為「半句一轉」。（陳石遺在《宋詩精華錄》中稱楊萬里作詩的秘訣是「語未了便轉」，也是此意。）

「執手」兩句，生動、細膩、真樸，形容別情，妙到毫巔，不僅寫出了分手的情侶當時的情狀，而且暗示了他們極其複雜微妙的內心活動。到這個時候，不但有話說不出來，而且甚至覺得千言萬語也表達不了那麼多的柔情蜜意，所以無須說，結果就只有甚麼也不說了。蘇軾〈江城子〉（《乙卯正月二十日夜記夢》）云：「相顧無言，唯有淚千行。」與此同意，不過一個是生離，一個是死別而已。但蘇詞並非蹈襲，也是從生活中來。「念去去」兩句，「煙波」是眼前所有，而加上「念去去」，則近景遠景連成一片，有實有虛。「煙波」以「千里」形容，「暮靄」以「沉沉」形容，

「楚天」以「闊」形容，都與「凝咽」的心情相契合。（古時楚國在今長江中下游，故楚天即南天，此詞或係作者離開汴京，前往浙江時所作。）「執手」兩句寫情，「念去去」兩句寫景，結束了話別的場面。

正面刻劃話別，已經盡致，因此換頭首句就推開一層，泛說離愁別恨，自古皆然，即江淹《別賦》「黯然消魂者，唯別而已矣」之意。但第二句又立刻翻進，說秋天作別尤為可悲，暗用宋玉《九辯》「悲哉，秋之為氣也……憭栗兮若在遠行。登山臨水兮送將歸」之意，遙接上片起句。「今宵」兩句，千古名句，也是設想將來，虛景實寫。「酒醒」遙接上片「帳飲」，亦見雖然「無緒」，但借酒澆愁，還是沉醉了。扁舟夜發，愁醉瞢騰，忽然醒來，想必已經拂曉，所見唯有楊柳岸邊的曉風殘月吧！然而，人呢？把這兩句摘出來看，本來就寫得極好，但只有把它們作為全篇的有機組成部份，其好處才能充份顯露出來，因為僅就這兩句立論，就只看到眼中之景，而想不到景外之人了。

「此去」以下，放筆直寫，不嫌重拙。由「今宵」想到「經年」，由「千里煙波」想到「千種風情」，由「無語凝咽」想到「更與何人說」，都是由對照而深入一層，即李商隱《無題》所謂「相見時難別亦難」之意。

曲玉管

隴首雲飛，江邊日晚，煙波滿目憑闌久。一望關河蕭索，千里清秋，忍凝眸？　杳杳神京，盈盈仙子，別來錦字終難偶。斷雁無憑，冉冉飛下汀洲，思悠悠。　暗想當初，有多少、幽歡佳會，豈知聚散難期，翻成雨恨雲愁？阻追遊。每登山臨水，惹起平生心事，一場消黯，永日無言，卻下層樓。

這首詞也是寫離別之恨與羈旅之愁的。作者登高懷遠，觸景傷情，而將情景打成一片，往復交織，前後照應，針線尤為細密。

全詞共分三疊。凡是三疊的詞，以音律論，前兩疊是雙拽頭，後一疊才是換頭（一稱過片）。故文詞也每每是前兩疊大體一意，後一疊另作一意，使聲情相應。此詞第一疊「隴首」三句，是當前景物和情況。「雲飛」、「日晚」，隱含下「憑闌久」。「亭皋木葉下，隴首秋雲飛」，是梁柳惲的名句。隴首，猶言山頭。雲、日、煙波，皆憑闌所見，而有遠近之分。由此啓下三句。「一望」，不是望一下，而是一眼望過去，由近及遠，由實而虛，千里關河，可見而不盡可見，逼出「忍凝眸」三字，極寫對景懷人，不堪久望之意。然而上言「憑闌久」，可見已經久望了，則「忍凝眸」者，乃是事後覺得望之無益，是透過一層的寫法。此段五句都是寫景，只用「忍凝眸」三字，便將內心活動全部貫注到上寫景物之中，而使情景交融。

第一疊是先寫景，後寫情；第二疊則反過來，先寫情，後寫景。「杳杳」三句，接上「忍凝眸」來。「杳杳神京」，寫所思之人在汴京；「盈盈仙子」，則寫所思之人的身份。唐人詩中習慣上以仙女作為美女之代稱，一般用來指娼妓或女道士。如施肩吾有《贈仙子》，仙子指娼妓；趙嘏有《贈女仙》，女仙指女道士。這裏大約是指汴京的一位妓女。「錦字」是用竇滔、蘇蕙夫妻故事。苻秦時，滔得罪徙流沙，蕙作回文詩，織於錦上以寄，詞甚淒婉，見《晉書》。作者和這位「仙子」，並非正式夫妻，其所以用此典故，或係因應舉時被仁宗放落，因而出京，與竇滔之獲罪遠徙，有些近似之故。文獻不足，無從深考。此句是說，「仙子」雖想寄與「錦字」，而終難相會（「偶」作遇解），這是懸揣之詞，並非真正收到她的信了，觀下文可知。鴻雁本可傳書，而說「斷」，說「無憑」，則是始終不曾負擔起它的任務。雁給人傳書，無非是個傳說或比喻，而雁「冉冉飛下汀洲」，則是眼前實事。

由虛而實，體現出既得不着信又見不了面的惆悵心情，自然就不能不老是想着，放不下了。「思悠悠」三字，總結次段之意，與上「忍凝眸」遙應，而更深入一層。因第一段寫景物蕭索，使人不忍凝眸，第二段則寫即使凝眸，其人終於難偶，不但人難偶，信也難通，所以除了相思之外，更無其他辦法。

第三疊是「思悠悠」的鋪敍。第一、二疊寫景抒情，眼前之事，已經表現得非常豐滿。而今日之惆悵，實緣於舊日之歡情，所以「暗想」四句，便概括往事，寫其先相愛，後相離，既相離，難再見的愁恨心情。「阻追遊」三字，橫插在上四句下五句中間，包括了多少難以言說的酸辛在內。然後，筆鋒一轉，又從回憶而到當前。但是，在回到當前之時，卻又蕩開一筆，在平敍之中，略作波折，指出這種「忍凝眸」、「思悠悠」的情狀，並不是這一次，而是許多次，每次「登山臨水」，就「惹起平生心事」。然後再寫到這回依然如此，在「黯然消魂」的心情之下，長久無話可說，走下樓來。「卻下層樓」，遙接「憑闌久」，使全詞從頭到尾，血脈流通。劉熙載《藝概》說柳詞「細密而妥溜，明白而家常，善於敍事，有過前人」。這首詞，特別是其第三疊，很可以證實這一論點的正確。〔雨霖鈴〕的「此去經年」以下，此詞的「暗想當初」以下，都似乎平鋪直敍，沒有甚麼技巧，但這正是柳永的特色，其他詞人所難以企及的地方。

夜半樂

凍雲黯淡天氣，扁舟一葉，乘興離江渚。渡萬壑千巖，越溪深處。怒濤漸息，樵風乍起，更聞商旅相呼，片帆高舉。泛畫鷁、翩翩過南浦。　望中酒旆閃閃，一簇煙村，數行霜樹。殘日下、漁人鳴榔歸去。敗荷零落，衰楊掩映，岸邊兩兩三三，浣紗遊女，避行客、含羞笑相語。　到此因念，繡閣輕拋，浪萍難駐。嘆後約丁寧竟何據？慘離懷、空恨歲晚歸期阻。凝淚眼、杳杳神京路。斷鴻聲遠長天暮。

這首詞也分三疊：第一疊寫旅途經歷；第二疊寫所見人、物，都是寫景；第三疊抒感，是寫情。它是詞人浪跡浙江時所作，所以用了許多與浙江有關的地名和典故。「越溪」明指越地，不用說。「萬壑千巖」出《世說新語．言語篇》，顧長康讚會稽（今浙江紹興）山川之美說：「千巖競秀，萬壑爭流。草木蒙籠其上，若雲興霞蔚。」「乘興」字出《世說新語．任誕篇》所載王子猷居山陰，雪夜乘小船到剡縣訪戴安道，到了門外，又不去看他，說是「吾本乘興而行，興盡而返，何必見戴」的故事；「怒濤」字出枚乘《七發》形容曲江之濤，「有似勇壯之卒，突怒而無畏」，「誠奮厥武，如震如怒」，「聲如雷鼓，發怒庢沓」等句；「樵風」字出《後漢書．鄭弘傳》註引《會稽記》所載鄭弘從神人求得若耶溪的順風為他採薪後的運輸提供方便的故事，都與浙江有關，足見作者用詞的細密。若是囫圇看過，未免有負他的匠心。

第一疊首句點明時令，二、三句寫旅中出發情況。「渡萬壑」以下，都是寫開船之後，乘興在船中欣賞景物。溯江上行，景物愈來愈美，而總以「萬壑千巖」括之，這是用顧長康讚美會稽一帶風景的話，已見上引。只有知道這個出典，才可以引起豐富的聯想。「怒濤」句承上「江渚」來，江口有濤，濤息才可行船。「樵風」句承上「扁舟」來。鄭弘早上出去砍柴，要坐船由南而北，晚上運柴回來，要由北而南，所以他要求神人在若耶溪上賜予「旦，南風；暮，北風」，果然如願。故「樵風」也就含有順風的意思。有了順風，才能「乘興離江渚」，也才能「片帆高舉」。「更聞」一句，寫出商人途中之繁忙，以襯自己的孤獨。「泛畫鷁」句，鷁是一種水鳥，古代船家畫鷁於船頭以作裝飾。這裏即用作船的代稱。「翩翩」，輕快貌。「南浦」字出江淹《別賦》：「送君南浦，傷如之何！」這裏已暗逗下文怨別，但總的來說，作者開始出發時，心情還是輕快的。

第二疊寫所見。首句即明說「望中」，以下都是望中所見，有人有物。「酒旆」三句，岸上之物；「殘日」句，江中之人。鳴榔，是一種以敲木作聲來捕魚的方法。「敗荷」句，又江中；「衰楊」句，又岸上。「敗荷」兩句，均寫景；「岸邊」三句，均寫人。人與物，岸上與江中，往復交織，構成一幅非常生動的秋日江干暮景的畫面。在極其蕭颯荒涼的景物中，忽然出現一群天真活潑的、一面含羞避客一面又笑又說的浣紗姑娘，這使景物增添了生氣，但也使作者牽動了離愁。這群姑娘，是無憂無慮的，可是在途中的旅客，卻由於看到了她們，而想起自己心愛的人來。杜牧《南陵道中》云：「南陵水面漫悠悠，風緊雲輕欲變秋。正是客心孤迴處，誰家紅袖憑江樓？」蘇軾〈蝶戀花〉云：「牆裏鞦韆牆外道。牆外行人，牆裏佳人笑。笑漸不聞聲漸悄，多情卻被無情惱。」寫的都是這種微妙的心理。但柳詞在這裏只提到所見為止，而所感則留在第三疊中去寫。

第三疊由景入情，以「到此因念」四字領起。本來是「乘興」沿途覽景，景物清佳，雖然身在旅途，而離愁尚可借佳景以資排遣，但是，一群浣紗遊女的忽然出現，卻打破了這種暫時寧靜的心理狀態，把離愁都勾引出來了。「繡閣」句，悔當初的分別，考慮不夠周詳；「浪萍」句，比今天的行蹤，仍然漂流無定。「嘆後約」以下，直抒胸臆，而以「慘離懷」句懷鄉里之愛妻，「凝淚眼」句憶汴京之仙子分承。古代詩詞中歸期、歸舟等「歸」字，都是指歸回家鄉。柳永當時落魄江湖，以情理說，不可能攜帶家眷同行，更不能把家眷安置在汴京，而獨自出遊浙江，故知「慘離懷」與「凝淚眼」，乃是各念一人。許昂霄《〈詞綜〉偶評》說此詞「第三疊乃言去國、離鄉之感」。（古人常稱京為國，去國即是出京）以去國與離鄉分言，深合詞意。而對此兩人，又同有「繡閣輕拋」、後約無據之感，故以「斷鴻」句作結，以景足情。「斷鴻」之「遠」、「長天」之「暮」，與「離懷」之「慘」、「淚眼」之「凝」，情調氣氛，結合密切。

這首詞前兩疊平敘，從容不迫，所反映的情緒也很穩定，末疊則突然轉為急促，一句一意，愈引愈深，所反映的情緒也變為激昂。前鬆後緊，前緩後急，前兩疊之鬆緩，正為末疊蓄勢，從而使矛盾達到高潮。可以想像得到，當時歌唱起來，也是聲情相應的。

卜算子慢

江楓漸老，汀蕙半凋，滿目敗紅衰翠。楚客登臨，正是暮秋天氣。引疏砧、斷續殘陽裏。對晚景、傷懷念遠，新愁舊恨相繼。　脈脈人千里。念兩處風情，萬重煙水。雨歇天高，望斷翠峰十二。盡無言、誰會憑高意？縱寫得、離腸萬種，奈歸雲誰寄？

這首詞與〈曲玉管〉主題相同，也是傷高懷遠之作。上片景為主，而景中有情；下片情為主，而情中有景：也與〈曲玉管〉前兩疊相近。

起首兩句，是登臨所見。「敗紅」就是「漸老」的「江楓」，「衰翠」就是「半凋」的「汀蕙」，而曰「滿目」，則是舉楓樹、蕙草以概其餘，説明其已到了深秋了，所以接以「楚客」兩句，即上〈雨霖鈴〉篇中所引宋玉《九辯》各句的縮寫，用以點出登臨，並暗示悲秋之意。以上是登高所見。

「引疏砧」句，續寫所聞。秋色凋零，已足發生悲感，何況在這「滿目敗紅衰翠」之中，耳中又引進這種斷斷續續、稀稀朗朗的砧杵之聲，在殘陽中回蕩呢？古代婦女，每逢秋季，就用砧杵搗練，製寒衣以寄在外的征人。杜甫《搗衣》：「亦知戍不返，秋至拭清砧。已近苦寒月，況經長別心。寧辭搗衣倦，一寄塞垣深。用盡閨中力，君聽空外音。」又《秋興》：「寒衣處處催刀尺，白帝城高急暮砧。」所以在他鄉作客的人，每聞砧聲，就生旅愁。這裏也是暗寓長期漂泊，「傷懷念遠」之意。「暮秋」是一年將盡，「殘陽」則是一日將盡，都是「晚景」。對景難排，所以下面即正面揭出「傷懷念遠」的主旨。「新愁」句是對主旨的補充，以見這種「傷」和「念」並非偶然觸發，而是本來心頭有「恨」，才見景生「愁」。「舊恨」難忘，「新愁」又起，所以叫做「相繼」。

過片接上直寫愁恨之由。「眽眽」，用《古詩十九首》：「盈盈一水間，脈脈不得語。」其字當作「眽眽」，相視之貌。相視，則是她望着我，我也望着她，也就是她懷念我，我也懷念她，所以才有二、三兩句。「兩處風情」，從「眽眽」來；「萬重煙水」，從「千里」來。細針密線，絲絲入扣。

「雨歇」一句，不但是寫登臨時天氣的實況，而且補出紅翠衰敗乃是風雨所致。「望斷」句既是寫實，又是寓意。就寫實方面説，是講雨過天開，視界遼闊，極目所見，唯有山嶺重疊，連綿不斷，坐實了「人千里」。就寓意方面説，則是講那位

「旦為朝雲，暮為行雨」的巫山神女，由天氣轉晴，雲收雨散，也看不見了。「望斷翠峰十二」，也是徒然。巫山有十二峰，詩人用高唐神女的典故，常常涉及。如李商隱《楚宮》：「十二峰前落照微，高唐宮暗坐迷歸。朝雲暮雨長相接，猶自君王恨見稀。」又《深宮》：「豈知為雨為雲處，只有高唐十二峰。」其餘不可悉數。這又不但暗抒了相思之情，而且暗示了所思之人，乃是神女、仙子一流人物。

「盡無言」兩句，深進一層。「憑高」之意，無人可會，唯有默默無言而已。「憑高」，總上情景而言，「無言」、「誰會」，就「脈脈人千里」極言之。憑高念遠，已是堪傷，何況又無人可訴此情，無人能會此意呢？結兩句，再深進兩層。第一層，此意既然此時此地無可訴、無人會，那麼這「離腸萬種」，就只有寫寄之一法。第二層，可是，縱然寫了，又怎麼能寄去，託誰寄去呢？一種無可奈何之情，千回百轉而出，有很強的感染力。「歸雲」字，漢、晉人習用，如張衡《思玄賦》：「憑歸雲而遐逝兮，夕餘宿乎扶桑。」潘岳《懷舊賦》：「仰睎歸雲，俯鏡流泉。」據張賦，「憑歸雲」即乘歸去之雲的意思，可知柳詞末句，也就是無人為乘雲寄書之意。

《宋四家詞選》曾指出此詞下片在藝術表現上的特徵是「一氣轉注，連翩而下」。

這是一個細緻而準確的判斷。所要補充的是，其文筆雖如周濟所說，但內容卻反復曲折，並不平順。它們是矛盾的統一。

安公子

遠岸收殘雨，雨殘稍覺江天暮。拾翠汀洲人寂靜，立雙雙鷗鷺。望幾點、漁燈隱映蒹葭浦。停畫橈、兩兩舟人語。道去程今夜，遙指前村煙樹。　遊宦成羈旅，短檣吟倚閒凝佇。萬水千山迷遠近，想鄉關何處？自別後、風亭月榭孤歡聚。剛斷腸、惹得離情苦。聽杜宇聲聲，勸人不如歸去。

這首詞是遊宦他鄉，春暮懷歸之作。詞人對於蕭疏淡遠的自然景物，似有偏愛，所以最工於描寫秋景，而他筆下的春景，有的時候，也不以絢爛穠麗見長，如此篇即是。這，當然和他長年過着落魄江湖的生活、懷着名場失意的心情是有關的。

上片頭兩句寫江天過雨之景，雨快下完了，才覺得江天漸晚，則雨下得時間很久可知。風雨孤舟，因雨不能行駛，旅人蟄居舟中，抑鬱無聊更可知。這就把時間、地點、人物的動作和心情都或明或暗地展示出來了。

「拾翠」二句，不過是寫即目所見。汀洲之上，有水禽棲息，而以拾翠之人已經歸去，虛擬作陪，更以「雙雙」形容「鷗鷺」，便覺景中有情。「拾翠」字用杜甫《秋興》：「佳人拾翠春相問。」拾翠佳人，即在水邊採摘香草的少女。張先〈木蘭花〉也說：「芳洲拾翠暮忘歸，秀野踏青來不定。」意中有人，有人的語笑；今唯餘景，景又呈現人去後特有的寂靜。鷗鷺成雙，自己則塊然獨處孤舟之中。這一對襯，就更進一步向讀者展開了作者的內心活動。

「望幾點」句，寫由傍晚而轉入夜間。漁燈已明，但由於是遠望，又隔有蒹葭，所以說是「隱映」。這是遠處所見。「停畫橈」句，則是己身所在，近處所聞。「道去程」二句，乃是舟人的語言和動作。「前村煙樹」，本屬實景，而冠以「遙指」二字，則是虛寫。這兩句把船家對行程的安排，他們的神情、口吻以及依約隱現的前村，都勾畫了出來，用筆極其簡練，而又生動、真切。

過片由今夜的去程而念及長年行役之苦。「短檣」七字，正面寫出舟中百無聊賴的生活。「萬水」兩句，從「凝佇」來，因眺望已久，所見則「萬水千山」，所思則「鄉關何處」。「迷遠近」雖指目「迷」，也是心「迷」。崔顥《黃鶴樓》云：「日暮鄉關何處是，煙波江上使人愁。」正與此意相同。

「自別後」以下，直接「鄉關何處」，而加以發揮。「風亭」七字，追憶過去，慨嘆現在。昔日則良辰美景，勝地歡遊，今日則短檣獨處，離懷渺渺，而用一「孤」字將今昔分開，意謂亭榭風月依然，但人不能歡聚，就把它們辜負了。「剛斷腸」以下，緊接上文。離情正苦，歸期無定，而杜宇聲聲，勸人歸去，愈覺不堪。杜宇無知之物，而能勸歸，則無情而似有情；人不能歸，而杜宇不諒，依舊催勸，徒亂人意，則有情終似無情。用意層層深入，一句緊接一句，情意深婉而筆力健拔，柳永所長，其後只有周邦彥用筆近似。

八聲甘州

對瀟瀟暮雨灑江天，一番洗清秋。漸霜風淒緊，關河冷落，殘照當樓。是處紅衰翠減，苒苒物華休。唯有長江水，無語東流。　不忍登高臨遠，望故鄉渺邈，歸思難收。嘆年來蹤跡，何事苦淹留？想佳人、妝樓凝望，誤幾回、天際識歸舟。爭知我、倚闌干處，正恁凝愁！

這首詞主題與〈安公子〉同，但時令有異，前者是暮春所作，此首則是暮秋所作。它上片寫景，下片抒情，界限比較分明，與他詞上、下片中每每景情兼賅者，又別。

上片頭兩句，用一「對」字領起，勾畫出詞人正面對一幅暮秋季節、傍晚時間的秋江雨景。「暮雨」上用「瀟瀟」，下用「灑」字來形容，就使人彷彿聽到了雨的聲音，看到了雨的動態。那是一陣秋天的涼爽蕭疏的雨，而經過這番雨，「秋」就變得更「清」了。「秋」是不可以「洗」的，但詞人卻偏以為「秋」之「清」是由於「暮雨」之「洗」，使人感到生動、真切，覺雨後秋空清朗之狀，如在目前。《九歌·大司命》「使涷雨兮灑塵」句，可能使柳永受到啓發。「灑江天」，也是灑向空氣中的灰塵，但由此想出「洗清秋」，構思就更新穎。

接着，用一「漸」字領起下三句。一番雨後，傍晚的江邊，就覺得寒風漸冷漸急。身上的感覺是如此，眼中所見也是一片淒涼。「關河」是「冷落」的，而詞人所在之地，則被即將西沉的陽光照射着。景色蒼茫遼闊，境界高遠雄渾。蘇軾一向看不起柳永，然而對這三句，卻大加讚賞，認為：「此語於詩句不減唐人高處。」（見趙令畤《侯鯖錄》）正因這幾句詞不但形象鮮明，使人讀之如親歷其境，而且所展示的境界，在詞中是稀有的。

六、七兩句接寫樓頭所見。看到的裝飾着大自然的花木，都凋零了，與〈卜算子慢〉「江楓漸老」三句同意。不過那首詞先寫「敗紅衰翠」，後寫「楚客登臨」，而這首詞則反過來，先寫了人已登樓，再寫「紅衰翠減」，結構按照全詞的安排，所以各有不同。歇拍兩句，寫在這種自然界的變化之下，人是不能不引起許多感觸的，但是，卻並沒有明說，只以「長江水無語東流」暗示出來。「唯有」兩字，包含有不但「紅衰翠減」的花木在外，也包含有「登高臨遠」的旅人更不在內的意思。古人每用流水來比喻美好事物的消逝。高蟾《秋日北固晚望》「何事滿江惆悵水，年年無語向東流」，乃是柳詞所本。（他如韓琮《暮春滻水送別》：「綠暗紅稀出鳳城，暮雲宮闕古今情。行人莫聽宮前水，流盡年光是此聲。」黃季剛師又反韓意作詞云：「流盡年光，流水何曾住？」都是此意）江水本不能語，而詞人卻認為它無語即是無情，這也是無理而有情之一例。上片以這樣一個暗喻作結，而不明寫人的思想感情，是為下片完全寫情蓄勢。

下片由景入情。上片寫到面對江天暮雨、殘照關河，可見詞人本是在「登高臨遠」，而換頭卻以「不忍」二字領起，在文章方面，是轉折翻騰；在感情方面，是委婉深曲。「登高臨遠」，為的是想望故鄉，但故鄉太遠，「愛而不見」，所闖入眼簾的，只不過是更加引起鄉思的淒涼景物，如上片所描寫的，這就自然使人產生了「不忍」的感情，而鄉思一發，更加難於收拾了。

四、五兩句，由想像而轉到自念。懷鄉之情雖然是如此的強烈和迫切，但是檢點自己近年來還是落拓江湖，東漂西蕩，究竟又是為了甚麼呢？這裏用問句一提，就加重了語氣，寫出了千回百轉的心思和四顧茫然的神態，表達出「歸也未能歸，住也如何住」，即「歸思」和「淹留」之間的矛盾，含有多少難言之隱在內。究竟為甚麼「淹留」，詞人自己當然明白，他在另外一首詞〈戚氏〉中就說出了：「未名未祿，綺陌紅樓，往往經歲遷延。……念利名、憔悴長縈絆。」從前的讀書人，在沒有取得功名之前，要上京應考；在已經取得功名之後，當上了官，也要在他鄉任職。長期考不取，就或者是在京城住下來，準備下屆再考，或者四處遊謁地方長官，以謀衣食。這當中，是包含了許多生活經歷中的酸甜苦辣在內的。問「何事苦淹留」，而不作回答，不過是因為他不願說出來罷了。這樣，就顯得含蓄，比〈戚氏〉

所直接抒寫的同一心情，更其動人。

由於自己的思歸心切，因而聯想到故鄉的妻子也一定是同樣地盼望自己回家。自己在外邊漂泊了這樣久，她必然也想望得很久了。謝朓《之宣城郡出新林浦向板橋》云：「天際識歸舟，雲中辨江樹。」謝詩是實寫江景，柳詞則借用其語，為懷念自己的妻子創造了一個生動的形象。他想像她會經常地在妝樓上癡癡地望着遠處的歸帆，而幾次三番地誤認為這些船上就載着她的從遠方回來的丈夫。溫庭筠〈夢江南〉：「梳洗罷，獨倚望江樓。過盡千帆皆不是，斜暉脈脈水悠悠，腸斷白蘋洲。」這是「想佳人」兩句很具體的解釋。

最後兩句，再由對方回到自己。在「佳人」多少次的希望和失望中，肯定要埋怨在外邊長期不回來的人不想家。因為「何事苦淹留」，有時連自己都感到有些茫然，則整天在「妝樓凝望」的人，自然更難於理解了。她也許還認為自己在外邊樂而忘返，又怎麼會知道我現在倚欄遠望的時候，是如此愁苦呢？

本是自己望鄉，懷人，思歸，卻從對面寫「佳人」切盼自己回去。本是自己倚欄凝愁，卻說「佳人」不知自己的愁苦。「佳人」懷念自己，出於想像，本是虛寫，卻用「妝樓凝望，誤幾回、天際識歸舟」這樣具體的細節來表達其懷念之情，彷彿實有其事。倚闌凝愁，本是實情，卻從對方設想，用「爭知我」領起，則又化實為虛，顯得十分空靈。感情如此曲折，文筆如此變化，真可謂達難達之情了。這種為對方設想的寫法，並非始自柳永，在他以前，如韋莊的〈浣溪沙〉「夜夜相思更漏殘，傷心明月憑闌干，想君思我錦衾寒」，即是一例。但更著名的則是杜甫的《月夜》：「今夜鄜州月，閨中只獨看。遙憐小兒女，未解憶長安。香霧雲鬟濕，清輝玉臂寒。何時倚虛幌，雙照淚痕乾。」但柳詞層次更多，更曲折變化（單就這一點說，不是比較這些作品整個的高下）。梁令嫻《藝蘅館詞選》載梁啟超評此詞，認為它的境界很像溫庭筠〈菩薩蠻〉中「照花前後鏡，花面交相映」兩句，就是指詞中所寫自己與對方的情景，有如美女簪花以後，前後照鏡，鏡中形象重疊輝映。

我們還應當注意一下此詞下片用的重字。說自己，是有難收的「歸思」，說「佳人」，是盼天邊的「歸舟」。說「佳人」，是在妝樓「凝望」，說自己，是倚闌干「凝愁」。這裏的「歸」與「凝」，是故意重複，作強烈對照的，與一般因取其流暢自然而不避重字的不同。

結句倚闌凝愁，遠應上片起句，知「對瀟瀟暮雨」以下，一切景物，都是倚闌時所見；近應下片起句，知「不忍登高臨遠」以下，一切歸思，都是凝愁中所想。

通篇結構嚴密，而又動盪開合，呼應靈活，首尾照應，如前人談兵所云常山之蛇。

望海潮

東南形勝，三吳都會，錢塘自古繁華。煙柳畫橋，風簾翠幕，參差十萬人家。雲樹繞堤沙。怒濤卷霜雪，天塹無涯。市列珠璣，户盈羅綺，競豪奢。　重湖疊巘清嘉，有三秋桂子，十里荷花。羌管弄晴，菱歌泛夜，嬉嬉釣叟蓮娃。千騎擁高牙。乘醉聽簫鼓，吟賞煙霞。異日圖將好景，歸去鳳池誇。

經過八十多年的休養生息，北宋王朝到了仁宗在位的時代（十一世紀二十——六十年代），人民生活已較安定，生產力有較大的發展，出現了國家富庶、經濟繁榮的局面。在一些大城市，尤其顯得突出。柳永，由於他在這個特定的時代中長期地過着都市生活，便很自然地在他的一些詞中反映了這種景象。同時，由於他本來最善於用慢詞（長調）的形式和鋪敘的手法，寫這類的題材，也就顯得非常合適。

這首詞正可以代表他在這方面的成就。

據羅大經《鶴林玉露》的記載，這首詞是詞人寫來獻給當時駐節杭州的兩浙轉運使孫何的。但主要的內容仍然是詠嘆杭州湖山的美麗、城市的繁華。上片一上來兩個四字對句便點明了這兩方面，指出杭州地理位置的優越，它既是祖國東南一帶形勢重要的地區，又是三吳（吳興郡、吳郡和會稽郡的合稱）最巨大殷實的名城。緊接着，第三句又交代了這個位置在錢塘江畔的名城，歷史悠久，但一直保持着繁華，不曾衰落。這一起三句，入手擒題，以闊大的氣勢籠罩着全篇，為以下就這兩方面進一步交錯地加以鋪敍鋪平了道路。

「煙柳」兩句，又是一對。湖上架着彩色畫飾的橋樑，橋邊栽着含煙惹霧的楊柳，這是城外的觀賞之地；窗上懸有擋風的簾，室前掛着翠色的幕，這是城中的居住之區；而總以「參差」一句，就使人進一步體認到這個大都市物阜民康的面貌。

接着，詞人要我們將注意力轉向從城市東南流過的錢塘江。「雲樹」句，寫入雲的高樹環繞着江堤的沙路，是江邊。「怒濤」句，寫奔騰的江濤翻捲着雪白的浪花，是水上。再接上「天塹」句，補足錢塘江的雄偉、廣闊和險要。這就把這條大江的面貌完全刻劃出來了。這三句是關於自然形勝的進一步描寫。「市列」二句，則是關於社會繁華的進一步描寫，它只拈出珠寶眾多和服裝精美兩點，來形容這個消費城市的特色，其餘自可想見。

下片分兩層。「重湖」三句，就西湖本身寫。「重湖」，指西湖兼有裏湖、外湖之勝，就湖說；「疊巘」，指繞湖重重疊疊的峰巒，就山說；而總以「清嘉」二字讚之。「三秋桂子」，寫桂子飄香之久，又和「疊巘」相應；「十里荷花」，寫荷花種植之廣，又和「重湖」相應。湖和山、荷花和桂子、夏季和秋季，參錯交織，極見匠心。「羌管」三句，就湖上居民寫。笛聲在晴天蕩漾，菱歌在夜空飄浮。釣魚的老漢、採蓮的姑娘都面帶笑容，生活得很愉快。這裏寫的只是城市普通人民的生活，而且多少帶有粉飾的成份，卻也暗示了那些達官、貴人、地主、豪商的逸樂。這六句是一層，重點描寫了西湖。

「千騎」三句，是對孫何的稱頌。成千的馬隊擁簇着高大的牙旗，只這一句，就形容出了他煊赫的聲勢；而這位高官在公退之餘、醉酒之後，就聽聽音樂，欣賞和吟詠風景，則是寫他日常行樂，從而烘托出當時太平無事的情況。最後的「異日」兩句，是對孫何的良好祝願。「鳳池」即鳳凰池，是唐、宋時代中央政府最高行政機關——中書省的美稱。宋代實行中央集權政策，政治局勢是內重外輕，所以祝願他內調中央。但是，曾經住過杭州的人，即使高升了，又如何捨得這個美麗的城市呢？只好將它畫了下來，帶進京去，誇示於同僚了。這五句又是一層，雖是題中應有的應酬話，但仍歸結到對於杭州的讚美，也就達到了《文心雕龍·熔裁篇》所謂「首尾圓合」的要求。

陳振孫《直齋書錄解題》讚美柳詞，說它「音律諧婉，語意妥帖，承平氣象，形容曲盡」。這一論點有助於對此詞的理解。有人認為，這類描繪太平景象的詞「沒有甚麼意義可言」。但封建社會歷朝出現的短期太平景象，也是有其物質基礎的。其物質基礎就是由於廣大人民的鬥爭，生產力獲得某種程度的解放，又由於人民的勤勞和智慧，才創造了豐盈的物質財富，太平景象的出現才有可能。我們從這些描寫太平景象的作品中，正可以看出廣大人民偉大的創造力與他們為祖國的物質文明和精神文明所做出的直接或間接的貢獻。就這一方面來說，它是仍然有其認識作用的。

在這裏，想說幾句題外的話。

我們讀了上面這幾首柳詞，很容易得出如下兩點意見：第一，柳永是一位詞人。

第二，柳永愛寫，而且長於寫羈旅行役、男歡女愛、別恨離愁。這是對的，但又不完全對。

今天我們說某一位古代作家是詞人，究竟是甚麼意思呢？大概也不外乎兩點：一是他只寫詞，不寫其他樣式的作品，或者雖然寫過，但沒有流傳，我們所能看到的，只有他的詞；二是他也寫過其他樣式的作品，我們也能看到，但認為只有詞寫得好，對於他來說，最有代表性。根據這兩點，主要的是根據第二點，就稱他為詞人。

但是，這只是我們今天的看法，並不完全符合歷史的真實。因為詞在其還與音樂結合在一起，沒有分離的時候，它既是一種抒情詩，又是一種流行歌曲的唱詞，而後者，在當時是更其主要的、被重視的。在我國封建社會裏，並沒有現代這種專業作家。作家們絕大多數都是大大小小的官吏。他們的文學活動，必須從屬於政治活動，首先要適應統治階級的政治需要。任何被我們今天稱之為作家的古人，都得把他的主要精力放在統治階級所首先需要的正統文學樣式上面。在宋代，被統治階級所重視的，仍然是駢散文、五七言詩。所以宋代作家們也得首先重視詩、文的寫作，然後才以餘力來作詞。這就決定了，絕大多數人絕不是只會作詞，他們必然會作詩、文，而且把詩、文看得比詞更重要。王灼《碧雞漫志》讚美蘇詞「高處出神入天，平處尚臨鏡笑春，不顧儕輩」，但首先卻要說：「東坡先生以文章餘事作詩，溢而作詞曲。」劉辰翁明明知道辛棄疾也會作詩，還知道他的詩遠不及他的詞，而在《〈辛稼軒集〉序》中，他卻說：「稼軒胸中今古，止用資為詞，非不能詩，不事此耳。」一個說，蘇詞乃其詩的餘事，而詩又為其文章的餘事。一個說，辛棄疾是不高興作詩，否則，他的詩也會和他的詞一樣好。這不都正好說明詞在宋人眼中的地位嗎？因此，今天被稱為詞人的某些古代作家，除了少數一部份是只有詞傳世的之外，其餘大多數的就完全依據我們的判斷，我們斷定他的詞在其作品中最有代表性，就稱之為詞人，而不稱他為詩人或散文家、駢文家。而據以判斷的標準，又主要是藝術的，而非政治的。但是，目前我們的研究工作還停滯在蒐集材料的階段，而且也還做得很不夠，至於整理材料，系統地研究文學現象的變化過程及其相互關係，就更需要不斷地努力。已經出版的一些文學史，論述宋代文學，除了對像歐陽修、蘇軾這類大家曾比較全面論及其文、詩、詞之外，像陸游，就只論其詩、詞而不談他的散文了。對秦觀、李清照，則只論其詞，不僅是散文，就連其寫得很好的詩都不提了。這就使青年人產生一種錯覺，好像他們只會作詞。這顯然沒有如實地反映文學歷史的真實。

從上述這種錯覺又導致了另外一種錯覺，即認為某些作家的詞既可以代表其全部創作，則其詞的題材、主題，也就反映這些作家全部的或至少是重要的思想感情，從而據以對之進行全面評價。這可以說，是一個更其嚴重的誤會。這一誤會的產生，一方面是如上所述，由於沒有將這些作家的現有全部作品加以考察，聯繫起來，全面研究；另一方面則是忽略了古代作家對於樣式和題材、主題的關係，有他們傳統的觀點、處理的習慣。

詞從中、晚唐以來，逐漸上升到文人手中以後，主要是當作流行的歌曲在酒筵中供妓女歌唱的。它與酒筵中行令有關。小詞稱為小令、令詞，即表明其出於酒令。在那樣一種場合裏，安排了那樣一種用途，就使它不適宜容納本來也未嘗不可以容納的更為廣闊和較為嚴肅的題材，而常常局限於男女相悅之情、相逢之樂、相別之恨。宋人在蘇、辛以前，尤其是在辛以前，詞人大體沿襲了這種傳統，因而在詞裏所表現的，就往往只是這一些。如范仲淹是一位有抱負、有功業的政治家，在著名的《岳陽樓記》裏，他曾宣佈過「先天下之憂而憂，後天下之樂而樂」這種崇高的思想，而在其詞裏，卻出現了甚麼「殘燈明滅枕頭欹，諳盡孤眠滋味」（〈御街行〉）

和「酒入愁腸，化作相思淚」（〔蘇幕遮〕）這一類的腔調。秦觀的詩，早年就被王安石和蘇軾所讚賞（見《苕溪漁隱叢話》），晚年更是「嚴重高古，自成一家」（見《呂氏童蒙訓》）；李清照的詩，具有極其強烈的反對民族壓迫的感情和激烈噴薄的風格，更是有目共睹：都與其詞完全不類。再就柳永而論，長久以來，由於流傳的逸事和其詞中所表現的內容，人們都把他看成了一個典型的風流浪子。然而他僅存的一首詩——《煮海歌》，卻對苦難的鹽業工人發抒了深刻的同情。這使我們知道，柳永也不完全是個對人民痛苦漠不關心，只知道談情說愛的人；又使我們知道，在他的筆下，也出現過他在詞中大加歌頌的仁宗時代太平盛世的陰暗面。葉夢得《避暑錄話》說：「永亦善為他文辭，而偶先以是得名，始悔為己累。」可見這位詞人不但不止工於詞，甚至還認為工於詞對他並不是一件好事。這些事實告訴我們，作家們將某些思想感情，例如男女悲歡離合之感，寫入詞中，只是因為詞更適合於表現這一類的生活，並不是除了這一類的思想感情之外，就再也沒有被他們關心和注意的、更廣泛的、更有社會意義的、願意反映的生活了。所以，僅僅根據作家們的詞來對他們進行全面評價，往往是不全面的，因而也是有欠公正的。

總之，理解多數詞人並非只是作詞，而其詞中所反映的又往往並非其全部的或最有社會意義的因而應當被認為是最重要的思想感情，對於全面地評價這些作家，絕非是無關緊要的。魯迅先生告訴我們，論人要顧及全面。他曾舉陶淵明為例，這位作家除了《歸去來兮辭》、《桃花源記》以及「採菊東籬下，悠然見南山」的詩句之外，也還有《閒情賦》「願在絲而為履，附素足以周旋，悲行止之有節，空委棄於床前」那種「大膽的」、「胡思亂想的自白」，「也還有『精衛銜微木，將以填滄海，刑天舞干戚，猛志固常在』之類的『金剛怒目』式，在證明着他並非整天整夜的飄飄然」。他說：「這『猛志固常在』和『悠然見南山』的是一個人，倘有取捨，即非全人，再加抑揚，更離真實。」（《「題未定」草（六）》）在另外一篇文章裏，他又說：「倘要論文，最好是顧及全篇，並且顧及作者的全人，以及他所處的社會狀態，這才較為確鑿。」（《「題未定」草（七）》）這些教導，是應當經常記住的。

晏幾道（六首）

蝶戀花

醉別西樓醒不記。春夢秋雲，聚散真容易。斜月半窗還少睡，畫屏閒展吳山翠。　衣上酒痕詩裏字，點點行行，總是淒涼意。紅燭自憐無好計，夜寒空替人垂淚。

晏幾道是晏殊的小兒子。雖然他父親做過宰相，但他因為如黃庭堅《〈小山詞〉序》中所說的，「磊隗權奇，疏於顧忌；文章翰墨，自立規模。常欲軒輊人，而不受世之輕重。……遂陸沉於下位」，於是只好「嬉弄於樂府之餘」，即以流連歌酒自遣。由於懷才不遇，沒有為國家盡力的機會，就趨於頹廢，這是從信陵君以來，許多人走過的老路。這位詞人與那些人不同的，是他為後代留下了許多篇動人的作品。

晏幾道晚年為自己的詞集作了一篇短短的序文。這篇序，事實上是淒婉的回憶錄和優美的散文詩。我們用它來對照這首作於晚年的詞，對於詞中的情事就看得更其清楚。這篇序和這首詞的主題，都可以借用《楚辭·九章》中的一個篇名，就是《惜往日》。

自序略云：「始時，沈十二廉叔、陳十君寵家，有蓮、鴻、蘋、雲，品清謳娛客。每得一解，即以草授諸兒。吾三人持酒聽之，為一笑樂。已而君寵疾廢臥家，廉叔下世。昔之狂篇醉句，遂與兩家歌兒酒使，俱流轉於人間。……追唯往昔過從飲酒之人，或壠木已長，或病不偶。考其篇中所記悲歡、合離之事，如幻，如電，如昨夢、前塵，但能掩卷憮然，感光陰之易遷，嘆境緣之無實也。」這首詞也是寫離別之感，但卻更廣泛地概嘆於過去歡情之易逝，今日孤懷之難遣，將來重會之無期，所以情調比其他一些傷別之作，更加低回往復，沉鬱悲涼。

上片起句即點明離別。「西樓」，當時歡宴之地，此中有人。醉中一別，醒後全忘，難道是患了健忘症嗎？也不過是極言當日情事「如幻，如電，如昨夢、前塵」，不可復得罷了。撫今追昔，渾如一夢，所以一概付之於「不記」。此與其〈鷓鴣天〉之「一醉醒來春又殘」及〈臨江仙〉之「夢後樓臺高鎖，酒醒簾幕低垂」，同一意境。

二、三兩句承上說，但覺當時之聚，今日之散，無憑無定，竟如春夢秋雲，即所謂「感光陰之易遷，嘆境緣之無實」。白居易《花非花》云：「花非花，霧非霧。夜半來，天明去。來如春夢不多時，去似朝雲無覓處。」這首詩寫得迷離惝恍，據詩中「朝雲」字，當是為南朝小樂府中所謂「夜度娘」一類人物而作。此處改「朝雲」為「秋雲」，修辭更為工整。而所謂「春夢秋雲」之聚散，乃指蓮、鴻、蘋、雲之始在沈、陳兩家，後來流轉人間，仍甚分明。其情事當然也包括沈死、陳病在內。

四、五兩句，是說由於聚散之感，棖觸於懷，以至「斜月半窗」，而仍不能入夢，則愁思之深可見。人方多惱，屏卻無情。它悠閒地將一片翠色的吳山展示在這不眠人的面前，使人更增加無窮的遐想。這個「閒」字很關重要。有這一個字，才能襯托出人的心煩意亂，主觀地認為畫屏惱人，因而人也惱畫屏的無聊心情。

過片寫勝遊歡宴既不可再，懷念舊人，檢點舊物，則唯見「衣上酒痕」。這沾在衣上的一點一滴的酒痕，乃是西樓歡宴的陳跡。「酒痕」應上「醉」字。還有「詩裏字」，這寫在紙上的一行一行字，就是當時的「草授諸兒，吾三人持酒聽之，為一笑樂」的「狂篇醉句」。今日觀之，無非淒涼之意而已。

結尾兩句，不說自己寒夜無眠，不說自己「自憐無好計」，不說自己「垂淚」，而將這一切歸之於紅燭。意思是要說，連紅燭都為我的「淒涼意」而受感動，則我自己的哀傷也就可想而知。杜牧《贈別》：「蠟燭有心還惜別，替人垂淚到天明。」晏詞即從杜詩受到啓發，但形象更為豐滿，青出於藍。畫屏、蠟燭，一翠一紅，一無情，一有情，相映成趣，亦見結構巧妙。溫庭筠〔更漏子〕「玉爐香，紅蠟淚，偏照畫堂秋思」，也為前人所稱，但「蠟淚」與人的「秋思」、「離情」，沒有發生有機聯繫，比起這兩句來，是有差距的。

唐圭璋先生說：「這首詞，虛字尤其傳神，如『真』、『還』、『閒』等字，用得自然而深刻；『總是』、『空替』，則極概括。」很扼要地指出了它在用字方面的特點。

阮郎歸

天邊金掌露成霜，雲隨雁字長。綠杯紅袖趁重陽，人情似故鄉。

蘭佩紫，菊簪黃，殷勤理舊狂。欲將沉醉換悲涼，清歌莫斷腸。

這首詞是汴京重陽宴飲之作。起兩句寫秋景。《三輔黃圖》載漢武帝曾造神明臺，臺上有銅鑄仙人像，仙人舒掌，捧銅盤、玉杯，以承接雲端的露水。武帝用這露水和玉屑服用，以求仙道。「天邊金掌」即指此事，但其物是在長安，而不在汴京。「露成霜」，用《詩經·秦風·蒹葭》：「蒹葭蒼蒼，白露為霜，所謂伊人，在水一方。」所以這一句並非實寫，不過是借指汴京已到深秋而已。次句則實寫秋空。秋風多厲，秋雲易散，故雁字橫空，而雲也隨之而長。這兩句通過氣候與景物的變化，暗示他鄉離索、秋水伊人之感。

第三、四句由秋天寫到重陽。時值佳節，有美酒，有佳人，應當可以盡歡了，而忽出一「趁」字，則也無非是隨俗應景，借以遣日而已。他鄉作客，本極無聊，而在「綠杯紅袖」之間，仍然趁此過節，不欲堅拒，為甚麼呢？作者回答說，是因雖係客居，而主人情重，使人感到很像在家鄉的緣故。吳白匋先生說：「作者是臨川人，而此詞作於汴京，非其故鄉，而有故鄉之感，故用『似』字。」所論極是。這兩句寫作客心情，吞吐往復，情感真摯，故況周頤《蕙風詞話》云：「『綠杯』二句，意已厚矣。」

過片兩個三字句，寫筵中裙屐之盛，而但以佩戴應時花朵略作點染，因為這本非本詞重點所在。「蘭佩紫」句，出《離騷》「紉秋蘭以為佩」及《九歌·少司命》「秋蘭兮青青，綠葉兮紫莖」。「菊簪黃」句，出杜牧《九日齊山登高》「塵世難逢開口笑，菊花須插滿頭歸」，都是切的秋景與重陽。

「綠杯紅袖」，「佩紫」、「簪黃」，人物之盛，服飾之美，都說明這個節日安排得很好，自己雖然客居無聊，但也引起了已經屬於過去的疏狂情緒。這種情緒，並不是現在具有的，所以要鼓起興致來才行，即所謂「理舊狂」。但由於客居多感，情懷太壞，能否鼓起興致，終不敢必，所以又不但要「理舊狂」，而且要「殷勤理舊狂」才行。處境是無可奈何，在情是不得而已。這一句，是申言「趁重陽」的內心活動，極寫滿腹牢騷，排遣無方。所以《蕙風詞話》接着解釋說：「『殷勤理舊狂』，五字三層意。狂者，所謂『一肚皮不合時宜』，發見於外者也。狂已舊矣，而理之，而殷勤理之，其狂若有甚不得已者。」「一肚皮不合時宜」，是蘇軾的侍妾王朝雲說的話，她是說蘇軾與當時社會上的庸俗風氣格格不入。就晏幾道來說，這就是指他「仕宦連蹇，而不能一傍貴人之門」，「論文自有體，不肯一作新進士語」，「費資千百萬，家人寒飢，而面有孺子之色」，以及「人百負之而不恨，己信人，終不疑其欺己」等黃庭堅所謂「癡」的性格。

在多年被屈抑之後，這些「癡」或「狂」都收斂起來了，雖然偶逢佳節，人情又好，但這些「狂」真能夠借暫時舒暢的心情而「重理」起來嗎？詞人自己也是否定的，所以，「殷勤理舊狂」的結果只是「悲涼」而已，那就只好借此「綠杯紅袖」，把「悲涼」換成「沉醉」，也就是把「舊狂」再次埋葬掉吧。所以《蕙風詞話》說：「『欲將沉醉換悲涼』，是上句註腳。」

結句承上句來，是說雖想以「沉醉換悲涼」，但恐一聽座中「紅袖」的「清歌」，仍然有「斷腸」之痛。著一「莫」字，則又有預先自慰自寬之意在內。《世說新語．任誕篇》：「桓子野每聞清歌，輒喚『奈何』。謝公聞之，曰：『子野可謂一往有深情。』」此反用其意。《蕙風詞話》說：「『清歌莫斷腸』，仍含不盡之意。此詞沉着厚重，得此結句，便覺竟體空靈。」這是因為通篇寫的雖是在無聊生活中的抑鬱心情，而最後並不以絕望語作結，因而在風格上也有所反映的緣故。

陳匪石先生《宋詞舉》云：「小山多聰俊語，一覽即知其勝。此則非好學深思，不能知其妙處。」我們認為，如果不深入地體會一下，不僅是本詞，連況評也是難以理解的。

鷓鴣天

小令尊前見玉簫，銀燈一曲太妖嬈。歌中醉倒誰能恨？唱罷歸來酒未消。　春悄悄，夜迢迢，碧雲天共楚宮遙。夢魂慣得無拘檢，又踏楊花過謝橋。

這首詞也是懷人之作，上片寫昔時相見，下片寫今日相思。

起句前四字點明歌筵酒席，乃所見之地，後三字用唐人小說中人名，點明所見之人。范攄《雲溪友議》所載韋皋和姜輔家中的婢女玉簫兩世姻緣故事，是大家所熟知的。以玉簫稱此人，即所以說明她乃是蓮、鴻、蘋、雲之流，或者就是她們中間的一個。

次句，「銀燈」點夜宴，「一曲」承「小令」來，「見」是初見，因是初見，前所未睹，故用一「太」字來形容其「妖嬈」出眾，因而一見鍾情，生出下面許多文字。一曲又一曲地唱着，要花許多時間。在聽她歌唱的時候，竟醉倒了，但誰能因之感到遺恨呢？她唱完以後，餘音在耳，回到家裏，酒還沒有醒，又可見得真是醉得可以。兩句着力寫她歌聲之妙，不獨美艷動人而已。上片都屬回憶。

過片寫別後的情景。春夜孤棲，故覺「悄悄」；久不成寐，故覺「迢迢」。這不是一般春夜的感覺，而是某一個春夜極其懷念已經與自己相距很遠的「玉簫」時的感覺，所以接寫天遙地遠，再見為難，唯有託之夢寐。「楚宮」字，也是暗示其巫山神女的身份，且為下入夢張本。李商隱《過楚宮》云：「巫峽迢迢舊楚宮，至今雲雨暗丹楓。微生盡戀人間樂，只有襄王憶夢中。」詞人很可能從此詩得到一些啓發。

結尾兩句寫相思之極，寤寐求之，以見鍾情之深，用意是深入一層，用筆則是宕開一層。「夢魂」牽惹，非常迫切，但卻有其「無拘檢」的好處，即不比實際的人生會有許多間阻。由於沒有這種或那種間阻，非常自由，故用「慣得」以擬議之。「過謝橋」而以「踏楊花」作陪襯，不獨與上文「春悄悄」相應，而且合於夢魂縹緲之情景。著一「又」字，則可見夢裏相尋，已非一次，與上「慣得無拘檢」也相應。謝橋，指謝娘家之橋，猶謝家指謝娘之家。張泌《寄人》：「別夢依依到謝家，小廊回合曲闌斜。多情只有春庭月，猶為離人照落花。」詩意與此詞下片相似。謝娘即謝秋娘，唐時名妓。

相傳和晏幾道同時的道學家程頤，也很欣賞「夢魂」兩句，笑道：「鬼語也。」（邵博《邵氏聞見後錄》）這句話不能直譯為「這是鬼話」，只能意譯為：「這樣的詞，只有鬼才寫得出來！」連這個老頑固都被感染了，也說明這兩句的確富於魅力。

臨江仙

夢後樓臺高鎖，酒醒簾幕低垂。去年春恨卻來時。落花人獨立，微雨燕雙飛。　記得小蘋初見，兩重心字羅衣。琵琶弦上說相思。當時明月在，曾照彩雲歸。

這首詞的內容與上一首相同，不過佈局則正相反，是先寫今日相思，後寫當時相見。

上片以兩個六言對句起頭，寫出夢回酒醒，很是孤淒，不由自主地懷念起久別的小蘋來，而揣想到當日勝遊歡宴之地，如今一定是「樓臺高鎖」，「簾幕低垂」

了。這也就是「君寵疾廢臥家，廉叔下世」之後的情況。當日常在一起的朋友和小蘋等人，如今或生離，或死別，豈能沒有「其室則邇，其人甚遠」的感慨？這「夢後」與「酒醒」，所包含的時間很廣，它從去年乍別之初直貫到今年作詞之日。這「夢」，可以是真有所夢，也可以是指「浮生若夢」，或者雙關，既可以認為是實寫，也可以認為是虛寫，或虛、實兼賅。總之是「樓臺」、「簾幕」，當時經常往還之地，一夢之後，便成為咫尺天涯了。我們不知道陳病沈死，是否同在一年，但此詞必作於這些事情發生之後第二年的春天。

乍讀起頭兩句，總以為是寫當時醉夢之後頓成乖隔的痛苦心情，等到讀到第三句，才知道上文所寫離別，已經是去年春天的事情。去年過去了的春天，今年又來到了人間，去年的春恨，自然也隨着來到了人的心上。所以「去年春恨卻來時」一句，乃是承上啓下。它說明樓空人去，已是去年的恨事，今年回憶，此恨依然，從而過渡到當前的春景。

「落花」兩句，正面描寫今年春景。「落花」，則春光將盡；「微雨」，則天色長陰。在這種景物之前，以「獨立」之「人」，對「雙飛」之「燕」。無知之燕，猶得雙飛；有情之人，反而獨立，是何等難堪的事！然而詞人並沒有說出自己的難堪，而只是把這些呈獻在讀者面前，讓讀者自己作出與他的感情必然相合的結論。這就叫做含蓄。我們知道，含蓄是一種強有力的暗示，它往往比直接說出來的藝術效果更強。

這首詞是晏幾道最出名、最為人們傳誦的篇章之一，而這兩句又是它的精華所在，因為寫來融情入景，景中有情，景極妍美，情極淒婉，所以譚獻《復堂詞話》評它們是「名句，千古不能有二」。

但是，我們檢查文獻，卻發現了一個很有趣味，同時又值得深思的事實。原來這被人讚嘆不已，被稱為「千古不能有二」的「名句」，竟然並非晏幾道自己創作的，而是從別的詩人那裏借來的，說得直率一點，就是抄來的。五代翁宏《春殘》云：「又是春殘也，如何出翠帷？落花人獨立，微雨燕雙飛。寓目魂將斷，經年夢亦非。那堪向愁夕，蕭颯暮蟬輝。」這首詩就是這兩句詞的老家。儘管如此，我們拿晏詞和翁詩作一比較，就不難看出，它們之間，不僅全篇相比，高下懸殊，而且這兩句放在詩中，也遠不及放在詞中那麼和諧融貫。作一個蹩腳的比喻，就好像臨邛的卓文君，只有再嫁司馬相如，才能揚名於後世一樣。在翁詩裏，這麼好的句子，由於全篇不稱，所以有句無篇，它們也隨之被埋沒了；而由於晏詞的借用，它們就發出了原有光輝，而廣泛流傳，被人稱道。由此可見，我們如果對某一句詩進行評價，除了它本身所達到的藝術高度之外，還必須看其與全篇的有機聯繫如何。把某一句，或甚至某一個字孤立起來評定優劣，不僅不能如實地理解它、欣賞它、評價它，而且往往還會導致錯誤的結論。魯迅先生教人論文「最好是顧及全篇」，正由於此。

晏殊的一首〈浣溪沙〉中有「無可奈何花落去，似曾相識燕歸來」兩句，也是非常出名的。這原是他的一首題為《示張寺丞、王校勘》的七言律詩的第三聯。所以《四庫提要》說他「愛其造語之工，故不嫌復用」。但就全篇而論，也是詩不如詞，因而一般讀者也就不記得那首七律，而只記得這首小令了。二事相類，可以互證。

翁詩用在小晏詞裏就好，大晏的詩用在他自己的詞裏也比原作好，除了與全篇情調、結構等方面是否相稱、相合之外，還有一個詩、詞風格不同的問題。在我國古典文學中，風格不僅因人而異，因時代、地域而異，也因文學樣式而異。詩的風格就不同於詞的風格。即使詞中的豪放派作品，也與詩中的豪放作品不同。小晏詞用翁詩，以前的詞論家沒有注意到，因此也沒有論及。至於大晏詩、詞的區別和優劣，則頗有人談到。如沈際飛云：「『無可奈何花落去』，律詩俊語也，然自是天生一段詞，著詩不得。」（《草堂詩餘》正集）張宗橚云：「細玩『無可奈何』一聯，情致纏綿，語調諧婉，的是倚聲家語，若作七律，未免軟弱矣。」（《詞林紀事》）王士禛也說，「無可奈何」一聯，「定非《香奩》詩」（《花草蒙拾》）。這些意見都是對的。風格學是比較難於掌握，然而研究文學的人又非掌握不可的一門學問。它不但使欣賞能具真知灼見，使創作能別開生面，而且在確定作品的主名和時代等方面，能夠起到考證學所不能起的作用。因此，必須認真地對之進行探索。

換頭承上寫對景生情，見物懷人，而着重於更在去年以前和小蘋「初見」時留下的深刻印象。生活告訴我們，初次的印象，對於人與人之間以後的觀感或關係的發展都很重要。作家們在這方面往往是注意加以處理和反映的。在前面，我們已讀過張先的「東池宴，初相見」和晏幾道的「小令尊前見玉簫」，本詞也是寫的「記得小蘋初見」。再以著名的戲劇小說為例，則如《西廂記》中對於張生初見鶯鶯的大段描寫，從「正撞着五百年前風流業冤」開始，反復形容，而以「你道是河中開府相公家，我道是南海水月觀音現」結束；《三國演義》中為了諸葛亮的登場，先花費了大量的篇幅來寫三顧茅廬：都無非是使觀眾對這位絕代佳人，讀者對這位卓越的政治家，增強初見的印象。抒情詩的具體表現手法當然不同於戲劇、小說，但道理卻是一樣的。

「小蘋初見」，可記者甚多，因此，又只能在保留的深刻印象中挑出幾點有代表性的來寫。詞人在這裏寫了她的衣服、技藝和感情。「心字羅衣」，舊有兩種解釋，或謂指羅衣之領屈曲像個心字，或謂指心字香熏過的羅衣。心字香又有兩說，或謂指一種用茉莉、素馨等花和沉香薄片相間製成的香，或謂指以香末縈篆成心字的香。這些地方，無須煩瑣考證，只要知道是一種式樣很美或香氣很濃因而使人難於忘懷的衣服就可以了。「琵琶」句寫其演奏之妙，能夠傳達相思之情，與白居易《琵琶行》「低眉信手續續彈，說盡心中無限事」同意。一面說自己今年和去年的「春恨」，一面說「小蘋初見」就從琵琶弦上說出「相思」之情，則兩人互相愛悅，彼此都是一見傾心可知，別後又互相思念也可知。

結兩句總收見、別、憶三層。彩雲，是美女即小蘋的代稱。李白《宮中行樂詞》：「只愁歌舞散，化作彩雲飛。」白居易《簡簡吟》：「大都好物不堅牢，彩雲易散琉璃脆。」這裏不但用其詞，而且用其意。小蘋本是家妓，但不知屬陳家還是屬沈家。她可能屬甲家，而到乙家「侑酒」，宴畢仍回甲家，這一「歸」字，當作如此解釋。這是回想她宴罷踏着月色歸去的情景。當時明月，曾經照着她回去，如今明月仍在，而人呢，卻已「流轉於人間」，不知所終了。這裏也和上片「落花」兩句一樣，沒有正面說出自己的情緒。

此詞善於照應。下片「記得」兩字，直貫到底，「當時」、「曾照」，撫今追昔，上下通連。「月在」、「雲歸」，也回應上片「夢後」「酒醒」、樓鎖簾垂的情境。語言似乎平淡，感情實很深摯，反映在風格上，便如陳廷焯在《白雨齋詞話》中所說的「既閒婉，又沉着」。

鷓鴣天

彩袖殷勤捧玉鍾，當年拚卻醉顏紅。舞低楊柳樓心月，歌盡桃花扇底風。　從別後，憶相逢。幾回魂夢與君同。今宵剩把銀釭照，猶恐相逢似夢中。

詞人多寫相別之悲，寫重逢之喜的篇章較少。這首詞卻是描寫和情人久別重逢的快樂的。但它並沒從正面來寫這一點，而是從分別以前的歡樂、分別以後的懷念和重逢乍見時的驚喜，將這種感情烘托出來，用意非常巧妙，不僅其「舞低」一聯，語言工麗，為前人所嘆賞而已。

起句七字，容量很大。「鍾」即「盅」。酒盅以玉製成，已非凡品，何況此盅又非自舉，而有人捧？又何況「捧玉鍾」時極其「殷勤」？更何況這殷勤地捧着玉盅的人衣有「彩袖」？酒盅都如此貴重，則酒醇可知。殷勤捧盅相勸，則情多可知。捧盅之手出於彩袖，則其人服裝、容貌都很漂亮可知。（「彩袖」指衣，是以部份代全體，又以指穿衣之人，則是以物代人）「當年」遇到此景、此人、此情，那麼「拼卻醉顏紅」，便成為很自然的事情了。

三、四句也是作者的名句。這形容歌舞盛況的七言對句，不僅極其工整、細緻、美麗，而且極其生動地、準確地揭示了舞筵歌席那樣一種典型環境。如果沒有實際生活體驗的人，絕對寫不出來。不斷地起舞，直到照着楊柳陰中的高樓上的月亮都低沉了；不斷地唱歌，直到畫着桃花的扇子底下回蕩的歌聲都消失了，所以說「舞低」、「歌盡」。

這兩句，上句好懂，下句需要一點說明。扇，在這裏是歌扇的簡稱。它是古代歌妓拿在手上的，近於一種道具。那時的扇子是團扇，而不是折扇。它可以用來遮臉障羞，又可以將歌曲的名字寫上備忘，當然求其美觀，也可以在上面畫花，如本詞所說桃花扇。楊柳、桃花、月、風，都是當時景物，用以表現這個美麗的春夜。但楊柳和月是實景，桃花和風則是虛寫。字面雖對得極為工巧，意思則有虛有實。所以雖工整而並不呆板。

說桃花和風是虛寫，是因為這桃花不是樓前所栽，而是扇上所畫，儘管樓前也多半實有桃花。至於這個「風」字，不大好講，它既不是吹來的自然界的春風，（若是吹來的，怎麼會剛剛是在扇底，不在別處？）也不是這位姑娘用桃花扇扇出來的風，（她在唱歌，扇風幹甚麼？）而且，風也是不可能「歌盡」的。所以，這個「風」字，並非真風，而只是指悠揚宛轉的歌聲在其中回蕩的空氣。歌聲在空氣中回蕩，歌聲停了，音波就消失了，似乎風也歌盡了。唱時有時以扇掩口，其聲發於扇底。總起來，就是「歌盡桃花扇底風」。將「風」字這樣用，晏幾道是從溫庭筠那裏學來的。溫的〔菩薩蠻〕「雙鬢隔香紅，玉釵頭上風」，寫美女簪花，花的芳香在頭上擴散，也正與此詞寫美女唱歌，歌的旋律在扇底回蕩相同。他們注意到了空氣（風）能夠傳播氣味和音響的物理學作用，而在文學創作中利用了這種作用來成功地表現了各自想要表現的意境。

上片全寫別前的歡娛，下片則寫相思之苦與重見之樂。至於分別的場面，則把它推到舞台後面作為暗場處理了。因為善於體會的讀者，並不難於從已寫出來的前前後後的情景，而想像出作者所省略了的那個場面。

下片全是這對情人重逢以後互相訴説之詞，分兩層：前三句，離別之後的懷念；後兩句，重逢之時的驚喜。「與君同」的「君」字，是第二人稱，可以指女方，也可以指男方，事實上是時而指女方，時而指男方。試想，如果一方儘管説個不停，另一方卻老不開口，那算是甚麼情人呢？所以必然是你一言我一語地互相訴説。抒情詩不是敍事詩，更不是戲劇、小説，當然不能把雙方所説詳細分別言之，只能如此寫法。

「從別後，憶相逢」，中有無限情事在內，但以六個字作了概括，看來容易，其實很難。接着寫彼此曾經多次互相夢見，即別後逢前的各種情事中最具有代表性的內容，舉此一端，則其餘都可想見。這三句感情真摯，語氣真率，純用白描，與上片「彩袖」、「玉鍾」、「楊柳樓」、「桃花扇」之着色穠艷，正相映射，從而顯示了感覺的變化與風格的變化之間的有機聯繫。

結尾兩句，寫重逢。重逢可寫的也很多，還是挑出最有代表性的心情來寫，即寫彼此的驚喜之情。由於相思，曾經多次做夢，今天夜裏是真的見面了，卻反而疑惑起來，以為又在夢中。為了解除這個是真還是幻的疑問，只好把銀燈儘管拿着照了又照，才放下心來。從前是以夢為真，今天卻將真疑夢，寫得極其細膩曲折。這麼一結，就和上面所寫的別前之歡樂、別後之懷念、重逢之渴望，都貫通了。所有前此所寫，都有力地烘托了這兩句所表現的驚喜心情，換句話說，全首九句詞，前七句為後兩句蓄足了勢，所以這兩句就顯得更其有力了。假如我們另外換一個寫法，例如一上來就寫重逢，然後是相別、相思，就反而平淡無力。

前人詩中寫意外重逢真如夢境的詩句不少，如戴叔倫《江鄉故人偶集客舍》「還作江南會，翻疑夢裏逢」；司空曙《雲陽館與韓紳宿別》「乍見翻疑夢，相悲各問年」；但都不及杜甫《羌村》中的「夜闌更秉燭，相對如夢寐」。「今宵」兩句，情景與杜詩最為接近。但杜作是五古，風格渾樸，而這兩句是詞，寫得動盪空靈，仍然各有千秋。劉體仁《七頌堂詞繹》曾舉此兩例，以為這也是「詩與詞之分疆」，不為無見。

浣溪沙

日日雙眉鬥畫長，行雲飛絮共輕狂。不將心嫁冶遊郎。
濺酒滴殘歌扇字，弄花熏得舞衣香。一春彈淚説淒涼。

在古代封建社會中，歌兒舞女是統治階級的特殊奴隸，是達官貴人的玩物。她們被強迫地過着一種物質享受相當豐盛，可是精神世界極度空虛的生活，表面上承恩受寵，實質上被侮辱、被損害。她們當然也要愛情，但難得有人真正地愛過她們；她們當然也有人格，但難得有人真正地把她們當人看待。這樣，儘管住的是高樓大廈、曲室洞房，穿的是綾羅，戴的是珠翠，飲的是美酒，吃的是佳餚，她們的心仍然是痛苦的、寂寞的。這首詞寫的正是這種情形。

在貴人們的要求之下，梳妝打扮，爭妍取憐，就成了她們最關心的事情，所以詞也就從這裏寫起。這「日日雙眉鬥畫長」一句，是從秦韜玉《貧女》「不把雙眉鬥畫長」來，但根據主題的需要，反用其意。它寫這位姑娘每天每日仔仔細細地畫着自己的一雙長長的眉毛，為甚麼呢？是為了一心一意地要賽過她的同列。只用一個「鬥」字，就將她在那樣一種特定的環境中，不得不和另外一些姑娘爭妍比美的心情刻劃了出來。不要小看了這一個字，這個字重有千斤，它把她全部生活中的酸甜苦辣都暗示給我們了。

次句寫她（也包括她們）的命運、蹤跡和心情都是隨人擺佈的，飄浮不定，顯得輕狂，就如同天空的雲彩、枝頭的柳絮隨風而動一樣。「行雲」，暗用《高唐賦》巫山神女「旦為朝雲，暮為行雨」，「雲無處所」之意。「飛絮」，用杜甫《絕句漫興》「顛狂柳絮隨風舞，輕薄桃花逐水流」之意，不但象徵她的命運、蹤跡、心情，而且也暗示了她的身份。因為神女、雲雨、柳絮、桃花，從唐以來，久已用來作為形容妓女的詞彙。但是，這一句並不代表詞人對她的評價，而只是反映了一般的世俗之見，觀下文自明。

第三句是一個陡然的轉折。既然她是那麼「輕狂」，難道還能夠用嚴肅的態度對待愛情問題嗎？是的，正是這樣。由於身份和職業的關係，她是無法拒絕和那些玩弄女性的公子哥兒，即「冶遊郎」交往的，甚至於有時還不得不委身於他們；然而在內心裏，她是絕不肯將愛情獻給這樣一種人的，因此，「身」雖然嫁了，「心」卻沒有嫁。李商隱《無題》云：「壽陽公主嫁時妝，八字宮眉捧額黃。見我佯羞頻照影，不知身屬冶遊郎。」（編者按：本詩《全唐詩》中題為《蝶三首》，為三首之一）李詩是寫一個上層婦女，在糊裏糊塗的情況之下，將身子嫁給了一個冶遊郎；晏詞則是寫一個下層婦女，在清醒的情況下，「不將心嫁冶遊郎」。兩兩相形，顯示了卑賤者的聰明和階級敵意。這一句語氣堅決，而筆力沉重足以達之。

換頭轉入寫這位姑娘的日常生活。因為經常在筵席之前勸酒唱歌，所以有酒濺在歌扇之上，將寫在扇子上記曲名的字跡都弄得模糊了。而陪着貴人們遊賞園林，又往往徘徊花叢，玩弄花朵，也使得穿的舞衣都染上了香味。于良史《春山夜月》「掬水月在手，弄花香滿衣」，是「弄花」一句所本。「歌扇」、「舞衣」，點明身份；「濺酒」、「弄花」，描摹情態。全詞沒有一句是正面描寫這位姑娘的容色的，但通過這兩句，卻在我們面前呈現了一個嬌美可愛的形象。唐代大畫家周昉善於畫背面美人，此詞也正是如此。

這種生活，該是繁華熱鬧、舒適快樂的吧，然而詞的結句卻告訴我們，她整個春天都在那裏揮淚，對着萬紫千紅、和風暖日，訴說自己的「淒涼」。向誰訴說，詞人沒有交代，大半是自己對自己訴說吧。這又是一個陡然的轉折。這樣，就不僅畫出了一幅比較完整的美麗、善良，並有一定程度反抗性的古代藝妓的肖像，而且激發了我們對那個不合理的舊社會的憎恨心情。

古來寫妓女，寫和妓女相愛的詞很多，其中不少寫得相當出色。但以深厚的同情來體會她們的內心世界，哀憐她們的不幸遭遇如這首詞，卻極少見。這與作者那種「癡」的個性，和「陸沉於下位」的政治命運，都有關係。

晏幾道還有一首〈蝶戀花〉：「笑艷秋蓮生綠浦，紅臉青腰，舊識淩波女。照影弄妝嬌欲語。西風豈是繁華主？　可恨良辰天不與，才過斜陽，又是黃昏雨。朝落暮開空自許，竟無人解知心苦。」表面上詠荷花，實際上也是哀憐妓女們的命運。根據他喜歡把她們的名字寫入詞句的習慣（如「記得小蘋初見」、「小蘋若解愁春暮」、「手拈香箋意小蓮」、「小蓮若解論心素」之類），則此詞也可能是為小蓮而作，可與本詞合讀。

蘇軾（二首）

水調歌頭

丙辰中秋，歡飲達旦，大醉，作此篇，兼懷子由。

明月幾時有？把酒問青天。不知天上宮闕，今夕是何年？我欲乘風歸去，又恐瓊樓玉宇，高處不勝寒。起舞弄清影，何似在人間！　轉朱閣，低綺户，照無眠。不應有恨，何事長向別時圓？人有悲歡離合，月有陰晴圓缺，此事古難全。但願人長久，千里共嬋娟。

如題所示，這首詞是宋神宗熙寧九年（公元一零七六年）中秋節寫的。那時，作者正任密州（今山東高密）太守，他的弟弟蘇轍（子由）則在濟南，不見已經七年。歡度佳節的愉快和牽掛愛弟的情懷，乃是這首詞的基調。但是，由於他高曠的胸襟、豐富的想像和奇妙的藝術構思，卻使得它所展示的形象更為廣闊、深刻。它反映了作者所體驗到的天上和人間、自然景物和社會生活之間的矛盾。曠達的個性和政治上的失意使他面對着神奇的、永恆的宇宙，很自然地產生了出世思想，而現實生活的魅力又強烈地吸引着他，使他終於不得出人間更為可愛，不忍離開的結論來。這樣，他就進一步地借自然界的現象來寬解其離愁別恨，並寄託了自己對於生活的美好祝願。

上片寫對月飲酒。起句陡然發問，真是奇思妙語，破空而來。雖然在蘇軾以前，李白在《對月飲酒》中已有「青天有月來幾時？我今停杯一問之」的句子，但李語舒緩，蘇語峭拔，風格自別。「不知」兩句，繼續發疑。唐韋瓘所撰而託名於牛僧孺的小説《周秦行紀》載詩云：「香風引到大羅天，月地雲階拜洞仙。共道人間惆悵事，不知今夕是何年。」這是其用語所自出，但經過改組，已與起首二句緊密結合。「天上宮闕」（已非指「大羅天」而改指月宮），承上「明月」來。「今夕是何年」，承上「幾時有」來，針線很密。兩句體現了作者對於理解自然現象的追求，同時也體現了他不願局促於現實社會的豪邁性格。

人間今夕，天上何年？天上是否勝似人間呢？那只有上了天才知道，所以接以「我欲」一句。上天而稱「歸去」，是因為古人迷信有才學的人都是天上的星宿謫降凡塵的，上天有同歸家。「乘風」兩字出《列子》，就是後來小說中所說的騰雲駕霧，這裏則反映了蘇軾飄然若仙的精神狀態。（蘇軾這種精神狀態在當時很突出，所以人們都稱之為坡仙）「又恐」兩句一轉，月宮雖然是「瓊樓玉宇」，（語出《拾遺記》：「翟乾祐於江岸玩月。或問：『此中何有？』翟笑曰：『可隨我觀之。』已而月現中天，瓊樓玉宇爛然。」）皎潔空明，但位置既高，氣候必冷，去了恐怕受不了吧。鄭處誨《明皇雜錄》曾載有方士葉靜能邀唐玄宗遊月宮，玄宗到了那裏，非常寒冷，禁受不住的傳說。這裏正是暗用此事。這兩句的妙處不在於虛摹了天上的廣寒宮殿，而在於通過這種描寫，暗示了中秋之夕月色的明麗，夜氣的清寒，同時又強烈地抒發了作者對人間的熱愛。

「起舞」兩句再轉，仍從李白詩中得到啓發。李白《月下獨酌》「我歌月徘徊，我舞影凌亂」，也是寫的酒後月下獨自起舞，情景略同。「何似」句與上「我欲」句對照，既然天上是「高處不勝寒」，那還不如在人間對月起舞哩。雖然只是一個人，可是總還有個影兒伴着。這樣，思想感情又從幻境回到了現實。兩次轉折，而一氣貫注，顯示了作者筆力的雄健。

下片寫對月懷人。換頭仍然承上寫月，並由月而及月下的人。夜，漸漸地深了。

月光移動着，轉過了朱紅色的樓閣，低低地穿過了雕花的窗戶，照到了房中遲遲未能入睡的人。住在「朱閣」、「綺戶」中的人，當然不愁衣食，可為甚麼也失眠呢？不外是為了傷離怨別，對月懷人。這個「無眠」的人，乃是泛指，以見這種社會現象的普遍存在。

花好月圓，是幸福的象徵。月圓而人不圓，自然不免令人感到惆悵，因此接下來便有「不應」兩句。月是自然之物，不該有甚麼愁恨，但偏偏老是在人離別的時候圓了起來，這就使人在相形之下，更加重自己的離恨了。用「何事」作問句，言外有埋怨明月無情之意。問得無理，可是有情。

「人有」三句，又推開一層說。人事固多變化，月輪也有虧盈。人有恨，月難道就沒有？這原是從古以來就難得完全的事啊！這樣，又變為對月同情，為月開脫，終於達到人月同其遭遇，同其感受，顯見得這是個長久以來就存在的、難以圓滿解決的問題了。這三句寫了人與月、古與今、人間與天上，將物理和人事等量齊觀，實質上還是為了強調對於人事的達觀，同時寄託了對將來的希望，所以結以「但願」兩句。

儘管物理、人事，自古難全，可是總希望人能夠長久而健康地生活着。「古難全」，是事實；「人長久」，是希望。兩相對立，而統一於作者的感情中。若是能夠如願，那麼，即使相隔千里，也就能夠共賞明月，不致因離別而憂傷了。謝莊《月賦》「美人邁兮音塵闕，隔千里兮共明月」，是這兩句所本。「嬋娟」，指嫦娥，用作月的代語。沒有出場的「美人」則指子由。很顯然，作者這種美好的祝願，已經不只是對他弟弟一人而發，而是變為一切熱愛幸福生活的人的共同希望了。

念奴嬌

赤壁懷古

大江東去，浪淘盡、千古風流人物。故壘西邊，人道是、三國周郎赤壁。亂石穿空，驚濤拍岸，捲起千堆雪。江山如畫，一時多少豪傑！　遙想公瑾當年，小喬初嫁了，雄姿英發。羽扇綸巾，談笑間、檣櫓灰飛煙滅。故國神遊，多情應笑我，早生華髮。人間如夢，一尊還酹江月。

這首詞是作者在神宗元豐五年（公元一零八二年）寫的。那時他已四十七歲，因反對新法被貶謫在黃州（今湖北黃岡）已經兩年多了。

古典詩歌中詠史、懷古一類的作品，一般都是古為今用，借對史事的評論、對古蹟的觀賞來發抒自己的懷抱。這首詞也不例外。作者想到古代「風流人物」的功業，引起了無限的嚮往，同時就引起了自己年將半百，「四十五十而無聞焉，斯亦不足畏也已」（《論語》）的感慨。

起頭二句，是詞人登高眺遠，面對長江的感受。江水不停地東流，波濤洶湧，氣勢奔放，自然使人不可能不想起過去那些歷史上留下了豐功偉績，因而與祖國的壯麗山河同樣永遠保留在後人記憶裏的英雄們。當然，這些人是屬於過去的了，就像沙礫被波浪所淘汰了一樣。但是不是他們留下的歷史遺產也被「淘盡」了呢？那可不是的。「風流人物」的肉體雖已屬於過去，而他們的事功卻是不會磨滅的，它屬於現在，也屬於將來。這兩句，江山人物合寫，不但風格雄渾、蒼涼，而且中含暗轉，似塞實通，有「山重水複疑無路，柳暗花明又一村」之妙。否則，我們一看，「風流人物」都被「浪淘盡」了，那就沒有甚麼可說的了，還有甚麼下文呢？

正因為暗中有此一轉，所以才可由泛泛的對於江山、人物的感想，歸到赤壁之戰的具體史蹟上來。未寫作戰之人，先寫作戰之地，因為是遊其地而思其人的。江漢一帶，地名赤壁的有好幾處。發生在漢獻帝建安十三年（公元二零八年）那一場對鼎足三分的政治形勢具有決定性作用的大戰，事實上發生在今湖北省蒲圻縣境內，而不在黃州。博學如蘇軾，當然不會不知道。但既然已經產生了那次戰爭是在黃州赤壁進行的傳説，而他又是遊賞這一古蹟而不是來考證其真偽的，那麼，也就沒有必要十分認真地對待這個在遊賞中並非十分重要的問題了。其地雖非那一次大戰的戰場，但也發生過戰爭，尚有舊時營壘，所以用「人道是」三字，以表示認為這裏是「三國周郎赤壁」者，不過是傳聞而已。「赤壁」而冠以「三國周郎」，為的是突出其歷史意義，並為下面寫周瑜先伏一筆。

第五句以下，正面描摹赤壁風景。「亂石」一句，山之奇峭高峻；「驚濤」兩句，水之洶湧澎湃。江、山合寫，而以江為主，照應起結。「石」而曰「亂」，「空」而可「穿」，「濤」而曰「驚」，「岸」而可「拍」，「雪」而可「捲」，虛字都用得極其生動而又精確。（吳白匋先生云：「孟郊《有所思》詩中有『寒江浪起千堆雪』之語，是蘇詞『捲起』句所本。」）

眼前所見，美不勝收，難以盡述，故總讚之曰「江山如畫」。人們凡是見到最美的風景（或人物），往往讚曰「如畫」，而見到最美的繪畫（或其他造型藝術），又往往讚曰「逼真」。如畫之畫，並非特指某一幅畫；逼真之真，也非特指某地、某物。它們只是存在於欣賞者想像中的最真、最美、最善的典型事物或情景。所以逼真亦即如畫，如畫和逼真並不矛盾。如果我們問蘇軾，你說「如畫」，是像哪一幅畫？他是無從回答的。因為，誰也答不上來。

歇拍由這千古常新的壯麗江山，想起九百年前在這個歷史舞台上表演過非常威武雄壯的戲劇的許多豪傑來。說「多少豪傑」，是兼賅曹、孫、劉三方而言。在這場大戰中，得勝者固然是豪傑，失敗了的也不是窩囊廢。「江山」兩句，仍是江山、人物合寫，與起頭兩句相同，但前者包括「千古風流人物」，後者則僅指「一時」「豪傑」。電影的鏡頭移近了，範圍也就縮小了。

換頭再把鏡頭拉得更近一些，就成了特寫。作者選中了周瑜，把他攝入這首〈念奴嬌〉的特寫鏡頭。從「千古風流人物」到「一時」「豪傑」，再到「公瑾」，一層層縮小描寫的範圍，從遠到近，從多到少，從概括到具體，從一般到個別，於是，周瑜作為一個典型的「風流人物」和「豪傑」而登場了。

周瑜在孫策手下擔任將領時，才二十四歲。人們看他年輕，稱為「周郎」。他性情溫厚，善於和人交友。人們讚賞說：「與周公瑾交，如飲醇醪。」他精通音樂，如果演奏發生錯誤，他立刻就會察覺。人們說：「曲有誤，周郎顧。」他的婚姻很美滿，娶的是當時著名的美女，喬家的二姑娘——小喬。他在三十四歲的時候，與二十八歲的諸葛亮，統率孫、劉聯軍，在赤壁大戰中，用火攻戰術，將久歷戎行、老謀深算、年已五十四歲的曹操打得一敗塗地。這樣的人物，在蘇軾眼中，當然是值得嚮往的了。因此，面對如畫江山，他活躍地開展了對於這位歷史人物的想像。

換頭「遙想」以下五句，從各個不同的方面刻劃了周瑜。「小喬」兩句，寫其婚姻。由於美人的襯托，顯得英雄格外出色，少年英俊，奮發有為。「英發」兩字，本是孫權用來讚美周瑜的言談議論的，見《吳志·呂蒙傳》，詞裏則改為讚美他的「雄姿」，乃是活用。「羽扇」句，寫其服飾。雖然身當大敵，依然風度閒雅，不著軍裝。「談笑」句寫其韜略。由於胸有成竹，指揮若定，從容不迫，談笑之間，就把曹操的艦隊一把火燒得精光。這裏，不但寫出了周瑜輝煌的戰功，而且寫出了他瀟灑的風度、沉着的性格。在詞人筆下，這一英雄形象是很飽滿的。

宋人傅榦註蘇詞，曾引《蜀志》，有諸葛亮「葛巾毛扇，指揮三軍」之語。此文《太平御覽》曾引用，但不見於今本《三國志》。而在後來的小說、戲劇中，「羽扇綸巾」乃是諸葛亮的形象的不可分割的一部份。因此，有人認為此詞「羽扇綸巾」一語，也是指諸葛亮的。這是一個誤會。這個誤會是由於既不明史事，又不考文義而產生的。魏、晉以來，上層人物以風度瀟灑、舉止雍容為美，羽扇綸巾則代表着這樣一種「名士」的派頭。雖臨戰陣，也往往如此。如《晉書．謝萬傳》載萬「著白綸巾、鶴氅裘」以見簡文帝；《顧榮傳》載榮與陳敏作戰，「麾以羽扇，其眾潰散」；《羊祜傳》載祜「在軍嘗輕裘緩帶，身不被甲」，皆是其例。諸葛亮固然曾經「羽扇綸巾」，蘇軾在這裏，根據當時的風氣，不論周瑜是否曾經作此打扮，也無妨寫他手持羽扇，頭戴綸巾，以形容其作為一個統帥親臨前線時的從容鎮靜、風流儒雅。而此文從「遙想」以下，直到「煙滅」，乃是一幅完整的畫面，其中心形象就是「當年」的「公瑾」，不容橫生枝節，又岔出一個諸葛亮來，何況這幾句還與上文「周郎赤壁」銜接。因此，這種說法是不可取的。（張孝祥〔水調歌頭〕《汪德邵無盡藏樓》下片有句云：「一吊周郎羽扇，尚想曹公橫槊，興廢兩悠悠。」吳白匋先生還舉出王象之《輿地紀勝》卷四十九黃州條所引四六文亦有「橫槊釃酒，悼孟德一世之雄；揮扇岸巾，想公瑾當年之銳」諸語，可見宋人也多以「羽扇」句是指周瑜。）

以上是寫的作戰之地、作戰之人，是「懷古」的正文，「故國」以下，才轉入自抒懷抱。「故國」，即赤壁古戰場。作者臨「故國」，思「豪傑」，精神進入了想像中的當時環境裏面，想到周瑜在三十四歲的時候，便建立了那樣驚天動地的功業，而自己呢，比他大十多歲，卻貶謫在這裏，沒有為國為民做出甚麼有益的事來，頭髮也很早就花白了，相形之下，是多麼的不同啊！頭髮變白，是由於多情，即不能忘情於世事。然而這種自作多情，仔細想來，又多麼可笑！所以說「多情應笑我」。「故國神遊」，即神遊故國；「多情應笑我」，即（我）應笑我多情，都是倒裝句法。

江山依舊，人事已非，淪落無聊，徒傷老大，於是引起「人間如夢」的感慨，認為既是如此，還不如借酒澆愁吧。「酹」本是將酒倒在地上，表示祭奠的意思，但末句卻是指對月敬酒，即李白《月下獨酌》中「舉杯邀明月」之意。所邀乃江中月影，在地不在天，所以稱為「酹」。

這首詞在內容上，表現了作者用世與避世或入世與出世思想之間的矛盾，這是封建社會的知識分子具有的普遍性的矛盾，既然沒有機會為國為民做出一番事業，就只有在無可奈何的心情之下，故作達觀。所以它在讚賞江山、人物之餘，最後仍然不免趨於消極。但總的説來，最後這一點消極情緒，卻掩蓋不了全詞的豪邁精神，所以讀者還是可以從其中吸收一些有益的成份。

在藝術上，這首詞也有它的獨特成就。其中最突出的一點就是它將不同的，乃至於對立的事物、思想、情調有機地融合在一個整體中，而毫無痕跡。這裏面有當前的景物與古代人事的融合，有對生活的熱愛、對建功立業的渴望與達觀、消極的人生態度的融合，有豪邁的氣概與超曠的情趣的融合。而描寫手段則虛實互用，變幻莫測，如：「人道是、三國周郎赤壁」，是實的地方虛寫；「遙想公瑾當年」，是虛的地方實寫。有「人道是」三字，則其下化實為虛，對黃州赤壁並非當日戰場作了暗示。有「遙想」二字，則其下雖所詠並非原來的戰場，而且還摻入了虛構的細節，仍然使人讀來有歷史的真實感。

秦觀（六首）

八六子

倚危亭，恨如芳草，萋萋剗盡還生。念柳外青驄別後，水邊紅袂分時，愴然暗驚。　無端天與娉婷。夜月一簾幽夢，春風十里柔情。怎奈向、歡娛漸隨流水，素弦聲斷，翠綃香減，那堪片片飛花弄晚，濛濛殘雨籠晴。正銷凝，黃鸝又啼數聲。

這也是一首寫離別相思之情的詞。它一上來就以「倚危亭」三字領起，點明地點。這座位置很高的亭子，就是詞中主人公所在的地方。接着，展開了他登高臨遠時所見所感的情景。作者的登覽，本來是為了觀賞風景，抒散胸襟的，但首先闖入他眼中的，卻不是別的，而是一碧無際的、散發着芳香的春草，這就反而勾起了他無限的愁思來。因為春草的生命力非常頑強，雖然每年被人剗除得一乾二淨，但到了第二年，依舊生長，依舊茂盛。這正像離人心中的愁恨不易排除，縱然暫時消遣，而觸緒紛來，反而不斷地滋長着。

恨是一種抽象的思維活動，要生動地表現它，必須借助於具體的形象。何況作者的恨又是那麼悠久而深切，就更非有極其恰當的比喻，難以形容。在這裏，他選擇了「剗盡還生」的「芳草」來比喻自己的「恨」，就將一直為這種感情所苦惱，想借遊賞來抒散，而結果適得其反，依然「對景難排」的這種內心活動，非常明白而生動地表達出來了。

這兩句的意象和一些古典作品具有淵源。它遠從漢無名氏《飲馬長城窟行》的「青青河邊草，綿綿思遠道」和白居易《賦得古原草送別》的「野火燒不盡，春風吹又生。遠芳侵古道，晴翠接荒城」，近從李後主〈清平樂〉的「離恨恰如春草，更行更遠還生」，熔鑄變化而出，而意思更為豐滿。

作者觸景生情，感到像芳草一樣剗除不盡的恨，乃是離別之恨。此恨既然無法剗除，就必然會在腦海中浮現別時情景，這就有了「念柳外」等三句。用一「念」字領起，知以下皆屬念念不忘之事。「青驄」，騎青馬的人，指己；紅袂，穿紅衣的人，指她。袂即衣袖，並排行坐，衣袖挨在一起，稱為聯袂。人離別了，衣袖也分開了，稱為分袂。「柳外」、「水邊」，記地兼寫景；「青驄」、「紅袂」，指人兼着色。分別場面，如見畫圖。

回想別時難捨、別後獨歸之情事，使人不能忘懷。而當時卻因為某種原因，不得不分手。由於如李後主所說的「別時容易見時難」，事後回想，終不能沒有晏殊所說的「當時輕別意中人」的懊悔。時愈久，悔愈深，甚至於覺得當時輕別，乃是做了一件大不該做的蠢事。光陰無法倒流，離人不能重聚，往事難以挽回，每一念及「柳外青驄」、「水邊紅袂」，就不覺猛地一驚，愴然傷神了。「愴然暗驚」一句，雖然很短，但句短情長，其中包含了多少別前的恩愛、別時的悲傷、別後的思念和悔恨在內。它的容量是很大的。

過片更由分別的時候追溯到分別以前，仍從上片的「念」字貫串下來。想到所別之人是那樣的美好，所以別後的相思就格外纏綿而深沉；轉而又想到倘若她不是那樣的美好，那麼，自己的愁恨也許就要減輕一些了吧。詞人於是忽然異想天開，歸罪於老天爺，怪起「無端天與娉婷」來了。老天爺為甚麼無緣無故地要讓她長得這麼好呢？將惹恨的根源，推向老天爺，怪得沒有道理；而今天的愁恨，又確實由於其人，如白居易讚美楊貴妃的話，是「天生麗質」，則又似乎怪得多少有點兒道理。這句話，妙就妙在它處於有理、無理之間。前人評詩詞，往往有「無理而妙」的說法，正是指的這類情況。

「夜月」兩句，從正面寫歡娛之情，用杜牧《贈別》「春風十里揚州路，捲上珠簾總不如」之意。杜詩原是贈別妓女之作，這就暗示了那位姑娘的身份。同時，杜詩中說在揚州的十里長街上，家家戶戶都捲上了珠簾，人們卻在其中找不出一個賽得過所分別的這位姑娘的，詞用詩語，也就補充了對於她美麗的描摹。在和煦的春風中，繁華的街市裏，遇到了這樣容貌既美麗、性格又溫柔的人，兩相愛悅，在靜夜滿簾的月光下，浸沉在幽夢之中，這種生活該是多麼美滿啊！但正在這個時候，忽然分散了。於是詞句一下子也轉到描寫別後的情形。

用「怎奈向」三字作轉折，是疑問，也是驚嘆。（「怎奈」即怎奈何之意。「向」字是語尾虛詞，用來加強語氣，無實義）歡娛易逝，有如流水；不僅她彈奏的樂曲不可復聞，就連臨別時她所贈送的碧色絲巾上的香氣也漸漸減退了。這一切，都只能付之於「怎奈向」，也就是無可奈何。而現在所接觸到的，則是晚風之中，落花片片，乍晴之後，殘雨濛濛。這樣的景色，也就使人覺得「那堪」，即不堪了。不說風吹花落，而說飛花嬉弄於晚風之中，不說陰晴不定，而說殘雨籠罩了晴光。

「弄」字和「籠」字，用得極其富於想像力，而又生動、新穎。這是所看到的景色。正在銷黯凝佇，也就是心情抑鬱傷感而呆呆地站着的時候，不知趣的黃鸝，卻偏又來耳邊啼喚，就更其使人煩惱了。這是所聽到的聲音。詞寫到這裏，戛然而止，其潛台詞是：久倚危亭，傷今念昔，已是難堪，何況所見所聞，又無一不使人煩惱呢？它以景語作結，而情自在景內。

滿庭芳

山抹微雲，天粘衰草，畫角聲斷譙門。暫停征棹，聊共引離尊。多少蓬萊舊事，空回首、煙靄紛紛。斜陽外，寒鴉萬點，流水繞孤村。

消魂！當此際，香囊暗解，羅帶輕分。漫贏得青樓，薄幸名存。此去何時見也？襟袖上、空惹啼痕。傷情處，高城望斷，燈火已黃昏。

這首詞寫的是一個別離的場面，隨着情事的發展，細緻地刻劃了當時的生活環境和人物的內心活動。它一上來是寫一位旅客將要乘船遠行，情人趕來餞別，於是暫緩開船，一起飲酒。這時候所看到的是，遠處被一些浮雲遮掩着的隱約起伏的山峰，從近處一直延伸到天邊的枯草。這一切給人的印象是黯淡的、蕭瑟的，是深秋郊外的、與人物別離時的心情相一致的景色。

在這裏，作者用「抹」字形容那輕輕地飄浮在山上的一層層薄薄的雲彩，用「粘」字表現那一望無際的、與遠天逐漸銜接的已經枯萎了的秋草，就好像雲是流質，可以抹在山上，草有黏性，可以粘住天體。兩句非常精練、自然，又極其傳神。（「粘」，宋本作「連」。「粘」字或是後人所改，但更好些。前人如鈕琇、毛晉均有辯論。鈕說見《詞林紀事》，毛說見汲古閣本《淮海詞》附註）這首詞當時已到處傳唱，這頭兩句尤其為人所讚賞。蘇軾因此曾經開玩笑地給作者起了一個別號，稱之為「山抹微雲君」。而蔡絛《鐵圍山叢談》中還記載着：作者的女婿范溫曾經參加某一貴人的宴會。貴人有一歌妓，愛唱秦詞，當筵唱了許多，其中當然有這一首。她起初並沒有注意范溫，後來才問他是甚麼人。范回答說：「某乃『山抹微雲』女婿。」座中的人不禁大笑起來。可見此詞，尤其是其起句被人愛重的情形。

「山抹」兩句，是當時所看到的景物，而當時所聽到的，則是本在城樓門邊吹着而漸漸在晚空中消失的號角聲。不但角聲之悲涼引起了分手的情侶更多的離緒，而且畫角吹罷之後，時間也就更晚了。

一對情侶正是在這個地方、這個時候、這種情景之中，停船飲酒的。但船是即將遠行的「征棹」，酒是借以解憂的「離尊」，「征棹」無非「暫停」，「離尊」只是「聊共」，這就如實地表達了兩人無可奈何的惆悵心情。

接着，作者寫這位旅客，也就是自己，在將要離開此時所在地汴京的時候，不由自主地回想起在這裏生活的一段時期中所發生的「多少」「舊事」來。「蓬萊」本是海中仙島，東漢人習慣用來指在洛陽的國家圖書館——東觀。秦觀曾在汴京的秘閣供職。秘閣則是宋代的國家圖書館，所以也可稱為蓬萊。「蓬萊舊事」即指在京城的一段生活而言。現在，就要離開了，回想起來，真像煙霧一般，渺茫得很。平常說往事如煙，本來是個比喻，但此刻身在水邊，江天在望，煙水迷離，又將心中所感之情，結合眼中所見之景，而融成一體了。因此，「回首」兩句，可以是虛指情，也可以是實指景，妙在雙關。

回想往事，已如煙霧，極目前程，又只見寒鴉、斜陽、流水、孤村，情景本已蕭瑟，何況又是從滿腹離愁的旅人眼中看出，就更加不是味兒了。「斜陽外」三句，也是傳誦千古的名句。作者的朋友晁補之說：「雖不識字人，亦知是天生好言語。」（見《苕溪漁隱叢話》）這正是稱讚其善於白描，形象鮮明，使人歷歷如見。隋煬帝詩：「寒鴉千萬點，流水繞孤村。」作者完全襲用其語，但正如晏幾道之用翁宏的「落花人獨立，微雨燕雙飛」兩句一樣，放在全篇之中，非常合適，極其自然，已成為整首詞不可分割的有機組成部份。

換頭三句，寫別前的幽歡和留戀。古人以解帶暗示幽歡，如權德輿《玉臺體》：「昨夜裙帶解，今朝蟢子飛。鉛華不可棄，莫是藁砧歸。」（古人迷信，認為妻子的裙帶自解，是遠出的丈夫要回家的兆頭）賀鑄〈薄幸〉：「向睡鴨爐邊，翔鸞屏裏，羞把香羅暗解。」《西廂記》第四本第一折〈寄生草〉：「今宵同會碧紗廚，何時重解香羅帶？」香囊，是佩飾，解以贈行，作為紀念，如繁欽《定情詩》：「何以致叩叩，香囊繫肘後。」三句以「消魂」兩字領起，用江淹《別賦》：「黯然消魂者，唯別而已矣！」這說明，解帶贈囊，皆屬別情。蘇軾曾譏諷「消魂！當此際」句為「學柳七作詞」（見黃昇《花庵詞選》），就是因為這種寫法不夠雅正，近於柳永之故。

「漫贏得」兩句，用杜牧《遣懷》「十年一覺揚州夢，贏得青樓薄幸名」之意。不但感嘆一切歡愛都成過去，而且是更多地擔心後會難期，最後不免在風月場中空留下一個負心郎的名聲。「漫」字有隨隨便便的意思。自己哪裏會願意留下這麼一個名聲？但卻隨隨便便地留下了，暗示此別之於勢有所不得已。

哭哭啼啼，為的是不知今天一別，何時再見。但無論怎樣傷感，也不能決定重見之期，那麼，即使是衣襟衣袖上都招惹了許多淚水，留下淚痕，也仍然是「空」的。所以「此去」二句，乃是由此時相別，想到今後相思，由今後相思，想到相思無益，是對離恨透過兩層的描寫，所以更顯深刻。

畫角吹殘，歸鴉成陣，天氣向晚，船要開了，送客的人也不得不回去了。用「傷情處」三字鄭重點出：這時回首遙望京城，已經萬家燈火，到了黃昏時候。這就將雖然非分手不可，卻仍然流連惜別的心情，曲折地表達了出來，從情又歸到景，與篇首以景起對應。

周濟《宋四家詞選》説這首詞是「將身世之感打併入艷情」。這是一個很敏鋭的觀察。秦觀在秘閣擔任「黃本校勘」，是個官卑職小的工作，本不得意。在政治上，他同蘇軾關係密切，屬於舊黨。哲宗紹聖元年（公元一零九四年），新黨重新得勢，舊黨全部倒台。秦觀也於此時外調杭州通判。這首詞，可能就是作於此時。但關於「身世之感」，他只用「多少蓬萊舊事」二句輕輕淡淡地帶過，不特因為這首詞的主題是為了和情人惜別，而且那個「黃本校勘」，也實在沒有甚麼值得留戀的，比起分帶解囊的人來，簡直無法相提並論，故側重寫情場失意而把官場失意只是依稀彷彿地包括其中。但「高城望斷」，自覺「傷情」，也未必沒有李白《登金陵鳳凰臺》中所謂「總為浮雲能蔽日，長安不見使人愁」的意思在內。這就是周濟那句評語的含義。

浣溪沙

漠漠輕寒上小樓，曉陰無賴似窮秋。淡煙流水畫屏幽。　自在飛花輕似夢，無邊絲雨細如愁。寶簾閒掛小銀鈎。

這首詞寫的是春愁，是春天所感到的一種輕輕的寂寞和淡淡的哀愁。它是那樣一種細微幽渺的、不容易捉摸的感情，但經過詞人以具體的景物描寫和形象的比喻，卻將它表現出來了。

起句中的「小樓」點明詞中主人公所在之地。隨着他的上樓，詞中展示了他在樓上所看到和所感到的一切情景。

作品一開始寫，上了小樓而感到春寒。這氣候並不太冷，所以只是輕輕的寒意。「輕寒」而以「漠漠」來形容，就有寥廓冷落的感覺。接着登高一望，則是一個陰天，沒有太陽，天色陰沉，竟和深秋一樣。不說人情之無聊，反說曉陰之無賴，就加倍地渲染了使人發煩的景色，襯托了對景生愁的心情。

憑欄遠望，既感景色淒冷如秋，無可玩賞，於是只好回身進來。但反顧室內，則又見畫屏閒展，屏上所畫，乃是「淡煙流水」，幽幽的風景。這就更顯得無論樓外室內，遠觀近矚，所見所感，無往而非蕭疏的景色，只能使人更增寂寞。

過片一聯，正面形容春愁。它將細微的景物與幽渺的感情極為巧妙而和諧地結合在一起，使難以捕捉的抽象的夢與愁成為可以接觸的具體形象。所以梁啓超稱之為「奇語」（梁令嫻《藝蘅館詞選》）。它的奇，可以分兩層說。第一，「飛花」和「夢」，「絲雨」和「愁」，本來不相類似，無從類比。但詞人卻發現了它們之間有「輕」和「細」這兩個共同點，就將四樣原來毫不相干的東西聯成兩組，構成了既恰當又新奇的比喻。第二，一般的比喻，都是以具體的事物去形容抽象的事物，或者說，以容易捉摸的事物去比譬難以捉摸的事物。這是很自然的，因為前者比後者更為人所習見習知。但詞人在這裏卻是反其道而行之。他不說夢似飛花，愁如絲雨，而說飛花似夢，絲雨如愁，也同樣很新奇。他這樣寫，並沒有損害預計要達到的藝術效果，其秘密在於這兩組比喻之間的關聯，是在「輕」和「細」上面。雖然「夢」和「愁」比較抽象，而「輕」和「細」，則是任何人在生活中都能體會的概念；而「飛花」之「輕」與「絲雨」之「細」，又屬於常識範圍，即使不用「夢」與「愁」來加以形容，也絕不會妨礙人們的理解。而另外一方面，則由於詞人在看到「飛花」之前，已經有「夢」；看到「絲雨」之前，已經有「愁」。「夢」與「愁」，先有為主；「花」與「雨」，後見為賓。所以這樣「顛之倒之」，反而合情合理，有助於表現作者的心境。而表現這種心境，對於作者來說，是更其主要的。就抒情詩而言，寫景，其終極目的也還是為了借景抒情。

「飛花」用「自在」來形容，「絲雨」用「無邊」來描畫，就愈使人覺得春夢自遙，閒愁無盡。春去花飛，使人為之惋惜、感嘆，而它自己卻滿不在乎，反而無憂無慮，自由自在地那麼飄來蕩去，豈不顯得毫無情思，格外使人覺得惱恨。春雨如絲，已足惹愁，更何況它沒完沒了地、無邊無際地老是下着呢？

在描寫許多景物的同時，表達了詞中主人公的像輕寒一樣冷漠的感覺、曉陰一樣黯淡的心情、飛花一樣渺茫的夢想、絲雨一樣細微的哀愁，此之謂情景交融。

既然所見無可相慰，則唯有不見為淨，只好放下簾子。銀鈎所以捲簾，銀鈎閒掛，表示簾已垂下。結句只寫垂簾，不及其他，含蓄不盡。

這首詞寫春愁。這愁，既沒有涉及政治，又沒有涉及愛情、友誼，或者其他甚麼。它其實只是寫了一種生活中的空虛之感。這種空虛之感，豈但秦觀，就連偉大的李白有時都不免會從其作品中流露出來。為甚麼呢？就是：古典作家是生活在那樣一個令人感覺空虛的時代，那個時代不獨為他們提供了那麼一個客觀環境，而且還助長了他們基於階級地位和世界觀所產生的主觀弱點，即思想感情上的弱點。這也正如同涅克拉索夫的詩歌裏充滿了悲哀，是由於他那樣一個有弱點的人而又生活在那樣一個令人感覺悲哀的時代一樣。

望海潮

梅英疏淡，冰澌溶洩，東風暗換年華。金谷俊遊，銅駝巷陌，新晴細履平沙。長記誤隨車。正絮翻蝶舞，芳思交加。柳下桃蹊，亂分春色到人家。　西園夜飲鳴笳。有華燈礙月，飛蓋妨花。蘭苑未空，行人漸老，重來是事堪嗟！煙暝酒旗斜。但倚樓極目，時見棲鴉。無奈歸心，暗隨流水到天涯。

這首詞，宋本《淮海居士長短句》無題，汲古閣本《淮海詞》題為《洛陽懷古》。細玩詞意，乃感舊而非懷古，此題顯然是後人所妄加。

有一年早春時節，作者重遊洛陽。洛陽這個古代名城，是北宋的西京，也是當時繁華的大都市之一。詞人在此前曾經在這裏生活過一個時期，保留了對他說來是很難於忘卻的記憶。舊地重遊，人事有了很大的變遷，於是以「惜往日」的心情，寫下了這首詞。

這首詞的結構有些特別。一般的詞，都從換頭處改變作意，如上片寫景，下片寫情，或上片寫今，下片寫昔，等等。這從上面已經分析過的許多作品中都可以看出來。此詞也是以今昔對比，但它是先寫今，再寫昔，然後又歸到今。憶昔是全詞的重點，這一部份通貫上、下兩片，而不從換頭處換意。

上片起頭三句，寫初春景物。梅花漸漸地稀疏，結冰的水流已經溶解，在東風的煦拂之中，冬天悄悄地走了，春天不聲不響地來了。「暗換年華」是全篇主旨所在。它指的當然是眼前自然界的變化，但也暗示了多少年來人事的變化，暗示了詞人的今昔之感，直貫結句。

從「金谷俊遊」以下，一直到下片「飛蓋妨花」為止，一共十一句，都是寫的舊遊，而以「長記」兩字領起。「誤隨車」固在「長記」之中，前三句所寫在金谷園中、銅駝路上的遊賞，也同樣在內。但由於格律關係（此詞四、五句要實對，如前面的柳永一首亦作「煙柳畫橋，風簾翠幕」），就把「長記」這樣作為領起的字移後了。所以讀時不可誤會，以為「金谷」三句，是寫今而非憶昔。只要仔細一點，就不難看出，此三句所寫，都是歡娛之情，與詞中下片後半所寫今日的感傷心緒很不和諧，顯然不屬一時之事。

「長記」之事，可說者甚多，如遊賞、登臨、愛情、友誼，等等。這首詞寫的只是遊賞這一方面，而首先記起的乃是自己遊賞洛陽名勝古蹟的情形。金谷園是西晉石崇所造的花園，在洛陽西北。銅駝路是西晉宮前一條繁華的街道，以宮前立着銅駝得名。洛陽是西晉的都城，金谷園、銅駝路則是這個古都有代表性的名勝古蹟。所以詩人們一說到洛陽，就往往將這兩個地方形之於歌詠。如駱賓王《艷情代郭氏答盧照鄰》：「銅駝路上柳千條，金谷園中花幾色？」劉禹錫〈楊柳枝〉：「金谷園中鶯亂飛，銅駝陌上好風吹。」這裏是說當年早春時節，適值新晴，遊賞美麗的名園，緩步繁華的街道，其時則春風乍轉，碧草未生，腳下只有平沙而已。

由於記起當年在名園、大道「細履平沙」，因而連帶想起最令人難忘的「誤隨車」那件事來。「誤隨車」出韓愈《遊城南十六首》中的《嘲少年》：「直把春償酒，都將命乞花。只知閒信馬，不覺誤隨車。」而如李白《陌上贈美人》：「白馬驕行踏落花，垂鞭直拂五雲車。美人一笑褰珠箔，遙指紅樓是妾家。」又張泌〈浣溪沙〉：「晚逐香車入鳳城，東風斜揭繡簾輕，慢回嬌眼笑盈盈。　消息未通何計是？便須佯醉且隨行，依稀聞道太狂生。」都可作「隨車」的註釋。不過一是有意之隨，一是無心之誤而已（本以為車裏坐的是某個人，趕上去一看，才知道錯了）。士女傾城，春遊極盛，在那種「車如流水馬如龍」的盛況之下，「誤隨車」是完全可能的。儘管當時只是「誤隨」，但卻引起了作者溫柔的遐想，使他對之長遠地保持着美好的記憶，在心裏縈迴多年，難以忘懷。

「正絮翻蝶舞」以下四句，寫「誤隨車」時的春景。時間已由初春到了艷陽天氣，所以景色也就更其濃麗了。「絮翻蝶舞」、「柳下桃蹊」，正面形容濃春。到處洋溢着春天的氣息，而人，在這種環境之中，自然也就「芳思交加」，即心情充滿着青春的歡樂。而且，這穠麗的春光並非作者所能獨佔，而是被紛紛地送到了沿着「柳下桃蹊」住着的人家。這個「亂」字下得極好，它將春色無所不在，亂哄哄地呈現着萬紫千紅的圖景出色地表現了出來。

換頭「西園」三句，從美妙的景物寫到愉快的飲宴。時間則由白天到了夜晚，以見當日的盡情歡樂。西園是建安時代曹丕兄弟和他們的朋友遊賞之地。曹植的《公宴》寫道：「清夜遊西園，飛蓋相追隨。明月澄清景，列宿正參差。」曹丕《與吳質書》云：「白日既匿，繼以朗月。同乘並載，以遊後園。輿輪徐動，參從無聲；清風夜起，悲笳微吟。」又云：「從者鳴笳以啓路，文學托乘於後車。」詞借用二曹詩文中意象，寫日間在外面遊玩之後，晚間又回到花園飲酒、聽樂。各種花燈都點亮了，使得明月也失去了它的光輝；許多車子在園中飛馳，也不管車蓋擦損了路旁的花枝。寫來使人如見燈燭輝煌、車水馬龍的盛況。「礙」字和「妨」字，不但寫出月朗花繁，而且還寫出了燈多而交映、車眾而並馳的盛況。

以上十一句寫舊遊，把過去寫得愈熱鬧，就愈襯出現在的淒涼、寂寞。「蘭苑」

二句，承上啓下，暗中轉折，從繁盛到孤寂，逼出「重來是事堪嗟」，點明懷舊之意，與上「東風暗換年華」遙相呼應。（蘭苑即指金谷、西園之類。是事，猶言每事）追憶昔遊，是事可念，而「重來」舊地，則「是事堪嗟」，感慨深至。

當年西園夜飲，何等意氣，今天酒樓獨倚，何等消沉！煙暝旗斜，暮色蒼茫，既無飛蓋而來的俊侶，也無鳴笳夜飲的豪情，極目所至，已經看不到絮、蝶、桃、柳這樣一些春色，只是「時見棲鴉」而已。這時候，青春已逝，歡情衰歇，當然早已沒有交加的芳思，而老大無成，羈留異地，就很自然地想到故鄉，只剩下一點思歸的心，無可奈何地暗中隨着流水去到天涯罷了。

這首詞的主旨是感舊，由感舊而思歸，以今昔對照為其基本表現手段。它用大量的篇幅寫舊遊之樂，以反襯今日之孤寂、衰老，就顯得感染力特強。這也就是周濟《宋四家詞選》所說的「兩兩相形」。如酒樓和金谷、銅駝、西園、蘭苑，「煙暝酒旗斜」和「華燈礙月，飛蓋妨花」，「倚樓」和「隨車」，「棲鴉」和「蝶舞」，「歸心」和「芳思」，「暗隨」和「亂分」，「天涯」和「人家」，無往而非「兩兩相形」，以見今昔之異，而抒盛衰之感。

滿庭芳

曉色雲開，春隨人意，驟雨才過還晴。古臺芳榭，飛燕蹴紅英。舞困榆錢自落，鞦韆外、綠水橋平。東風裏，朱門映柳，低按小秦箏。

多情，行樂處，珠鈿翠蓋，玉轡紅纓。漸酒空金榼，花困蓬瀛。豆蔻梢頭舊恨，十年夢、屈指堪驚。憑闌久，疏煙淡日，寂寞下蕪城。

這首詞當是作者在揚州追念汴京舊遊而作。起筆三句，寫天氣之好。拂曉之前，落過一陣急雨，雨若不停，就妨礙了春遊，可是，隨着曉色的出現，雲也開了，天也晴了，所以說「春隨人意」。天氣之佳，心情之好，融成一片。

「古臺」四句，寫景物之美，仍然將心情之好貫注其中。在遊賞的「古臺芳榭」之間，看到的是飄落的花片和榆錢，燕子回來了，河中的綠水也已高漲到與橋相平了。這都是暮春的景象。在一般情況下，詞人們是要惜春、傷春、送春的，而惜、傷、送，都不免帶有淒涼的情緒。但由於作者心情之好，就另有一番感受。燕子在墜落的花片中飛來飛去，為的是銜泥築巢。有的人對於這種景物是有惋惜之情的，如周邦彥〈浣溪沙〉：「新筍已成堂下竹，落花都上燕巢泥，忍聽林表杜鵑啼。」然而作者在這裏卻認為燕子是在踢着花片兒玩哩。榆錢老了，隨風飄墜，同樣有人認為這是春光寥落的表現，如李商隱《江東》：「今日春光太飄蕩，謝家輕絮沈郎錢。」然而作者在這裏卻認為是榆樹舞蹈得太累了，榆錢自然地落了下來。總之，一切都與感傷情調不沾邊。鞦韆是古代女子玩的遊戲，蘇軾〈浣溪沙〉中「彩索身輕常趁燕」句可證。它都是安置在花園之中，所以鞦韆乃是作者在園牆之外所見，啓下所聞。

「東風裏」三句，寫人情之樂。東風之中，朱門之內，垂柳拂牆，佳人理曲（時在午前，非宴飲之時，箏為低按，非奏技之狀，故知是理曲）。「東風」與上文「飛燕蹴紅英，舞困榆錢自落」相應，「朱門」與上文「古臺芳榭」及「綠水」相應，「柳」與上文「紅英」、「榆錢」相應，「秦箏」與上文「鞦韆」相應，構成了一幅完整而富艷的行樂圖。

因此，過片便緊接「多情，行樂處」，而以「珠鈿」兩句補足，以極寫京國春遊之盛，見出良辰、美景、賞心、樂事，四者皆備。（謝靈運《〈擬魏太子鄴中集詩〉

序》：「天下良辰、美景、賞心、樂事，四者難並。」）古代女子乘車，男子騎馬。「珠鈿翠蓋」指車，代表女子；「玉轡紅纓」指馬，代表男子。宋祁〔鷓鴣天〕「畫轂雕鞍狹路逢」，或王國維〔蝶戀花〕「細馬香車，兩兩行相近」，可以移註兩句。

「漸酒空」兩句一轉，從昔日之繁華歡樂轉到今天之寂寞悲涼。但這變化，也有一個過程，故兩句用一「漸」字領起，以示非一朝一夕之故。獨自憑欄，舊遊如夢，屈指一算，不覺十年，真是使人驚心動魄。杜牧《贈別》：「娉娉裊裊十三餘，豆蔻梢頭二月初。春風十里揚州路，捲上珠簾總不如。」又《遣懷》：「落魄江湖載酒行，楚腰纖細掌中輕。十年一覺揚州夢，贏得青樓薄幸名。」「豆蔻梢頭」兩句，即用其意。但要注意的是，這被比為豆蔻未開的姑娘，仍是汴京舊識，而非揚州新知。作者此時身在揚州，回思汴京前事，故用本地風光來作比喻。

「憑闌久」以下，今日心情，然而完全寫景，但言倚闌久立，唯見傍晚時分薄薄的霧氣和淡淡的陽光向城牆落下而已。不寫情而情自在其中，司空圖《詩品》所謂「不著一字，盡得風流」以及《文心雕龍·隱秀篇》所謂「隱之為體，義生文外」，即是此意。

這首詞與〈望海潮〉同一機杼，也不從換頭處換意。但只有昔與今兩層，而不像前者之分今、昔、今三層來寫。它從起筆直到「屈指堪驚」，都是寫汴京舊事，而以「漸酒空」二句略作轉折。金榼之酒，蓬瀛之花，仍承上來，但用「空」、「困」兩字，就承上而又啓下。兩句之上，冠以「漸」字，便不突兀。這結尾幾句，也就是作者另一首〈滿庭芳〉中「多少蓬萊舊事，空回首、煙靄紛紛」之意，可以參照。蓬瀛與蓬萊同意，故知詞乃追憶汴京舊遊。蕪城乃揚州別名，故知詞乃旅居揚州之作。（南朝宋竟陵王劉誕據揚州叛亂，平定以後，城邑荒蕪，鮑照登故城有感，作《蕪城賦》，故後人稱揚州為蕪城。）

陳廷焯《白雨齋詞話》說：「少游〈滿庭芳〉諸闋，大半被放後作。戀戀故國，不勝熱中，其用心不逮東坡之忠厚，而寄情之遠、措語之工，則各有千古。」這一意見與周濟認為這類詞是「將身世之感打併入艷情」相同。這也就是說，它們也含有詞人在政治上失意的感傷在內，不獨是追念過去的享樂生活而已。這種看法，還是有其一定的根據和理由的。

鵲橋仙

纖雲弄巧，飛星傳恨，銀漢迢迢暗度。金風玉露一相逢，便勝卻、人間無數。　柔情似水，佳期如夢，忍顧鵲橋歸路？兩情若是久長時，又豈在朝朝暮暮？

《四庫全書總目》在沈端節《克齋詞》的《提要》中，曾論及詞調和詞題的關係。它說：「考《花間》諸集，往往調即是題，如〈女冠子〉則詠女道士，〈河瀆神〉則為送、迎神曲，〈虞美人〉則詠虞姬之類。唐末、五代諸詞，例原如是。後人題詠漸繁，題與調兩不相涉。」這就是說，最初的詞，調和題是統一的，詞調既與音樂有關，也和文辭有關；但後來則分了家，詞調只是代表樂曲，不再涉及內容了；如果對內容要有所說明，就得另加題目。宋詞絕大多數是屬於後者，但這首詞卻是屬於前者。〈鵲橋仙〉原是為詠牛郎、織女的愛情故事而創作的樂曲，本詞的內容，也正是詠此事。

牛郎、織女故事是我國古代人民依據天象所創造的傳說。織女星在銀河之北，牽牛星在銀河之南，隔河相對。農曆七月，兩星相距最近。因而產生了每年七月七日夜間由烏鵲搭橋讓這對夫婦相會的情節。鵲橋仙，即指這對終年分離，只有這一夜才能會合的夫婦。

這個傳說產生於漢代，為人民大眾所喜愛。歷代詩人用它作為素材進行創作，或作為典故寫入創作中的都不少，但多半是為這對仙侶的愛情生活受到天帝的無理干涉，致使他們不得不長期分居而感到悲哀。同情他們，為他們代訴相思之苦，成為多數有關這一題材的創作的基調。著名的《古詩十九首》中有一篇，可為例證：「迢迢牽牛星，皎皎河漢女。纖纖擢素手，札札弄機杼。終日不成章，泣涕零如雨。河漢清且淺，相去復幾許？盈盈一水間，脈脈不得語。」但這首詞，卻是一篇出色的翻案文章。

它上片以兩個對句寫七夕的景色，景中有情，而且是這個民間佳節特有的景和情。紡織是古代婦女主要的勞動項目，所謂男耕女織。傳說中的織女則是織錦的能手，所以在七夕這一天，女孩兒們都要陳設瓜果，向渡河的織女乞巧，希望她賜給她們高度的工藝技巧。而在初秋七月，氣候晴朗，空中雲彩，纖細清晰，很像是織女顯示她的技巧而織出的錦。詩人對色彩鮮艷複雜的雲和錦之間產生聯想，由來已久，以雲狀錦或以錦狀雲而形成的「雲錦」一詞，也為他們所習用，如李白《廬山謠》的「屏風九疊雲錦張」，即是一例。這裏說「纖雲弄巧」，也就是天空的雲錦乃是織女所表現的技巧的意思。這就將初秋的雲和織女的巧聯繫起來，成為特定的情景了。飛星即流星。星既然在飛動，就彷彿能夠傳遞甚麼似的。而在七夕，那當然應當是給牛郎、織女傳遞離別之恨了。這就將飛流的星和牛郎、織女的恨聯繫起來，而使「飛星傳恨」一語，同樣成為特定的情景。這兩句所描寫的，只能見之於七夕之夜、銀河之邊，又只能用之於詠嘆牛郎、織女之事，所以不流於一般化。

第三句交代主要的情節。按照天帝的無理規定，牛郎、織女只能在這一夜渡河相會。「暗度」，是指在世人不知不覺之中渡過天河（銀漢），因為人們實在也沒有看見他或她如何渡河。「迢迢」不但形容相距之遙遠，而且同時形容相思之迢遞，與下文「柔情似水」相呼應。

第四、五兩句，表明了詞人對這一對仙侶長年分居、一年一會的看法。一般人都認為他們會少離多，枉自做了仙人，還不如人間的普通夫婦，但詞人卻認為在這樣秋風白露的美好的夜晚，相逢一次，也就不但抵得，而且還勝過人間的無數次了。金風，即秋風或西風。古人以五行、五方和四季相配，秋天於五行屬金，五方屬西。

玉露即白露。古代詩人常以金風、玉露作對，以形容秋天，如唐太宗《秋日》：「菊散金風起，荷疏玉露圓。」

過片也是兩個對句，寫牛郎、織女相愛之長久與相會之匆促。他們溫柔的感情就像天河中的水那樣永遠長流，無窮無盡。寫情而以眼前的河水比喻，就顯出本地風光，情中帶景。同時，會晤又是如此的短暫，簡直像做了一場夢一樣。離別，是長的；感情，是深的；會見，是短的。這就逼出下面一句來，怎麼忍心去看要往回走的那一條路呢？看都不忍看，那走，不消說，就更不忍走了。不說不忍走，只說不忍看，意思就更為深厚。如果說「忍顧鵲橋歸路」，那就差多了。

以上三句寫這對仙侶離別之苦，還沒有甚麼特別出色的地方，但接着一轉，卻推陳出新，大放異彩。「朝朝暮暮」，用《高唐賦》，已見前。

這首詞上、下片的結句，都表現了詞人對於愛情的不同一般的看法。他否定了朝歡暮樂的庸俗生活，歌頌了天長地久的忠貞愛情。這在當時，是難能可貴的。它用筆比較平直，在藝術技巧上，不太突出，但內容方面值得肯定。

賀鑄（四首）

芳心苦

（即〈踏莎行〉）

楊柳回塘，鴛鴦別浦，綠萍漲斷蓮舟路。斷無蜂蝶慕幽香，紅衣脫盡芳心苦。　返照迎潮，行雲帶雨，依依似與騷人語：當年不肯嫁春風，無端卻被秋風誤。

這首詞是詠荷花的，暗中以荷花自比。詩人詠物，很少止於描寫物態，多半有所寄託。因為在生活中，有許多事物可以類比，情感可以相通，人們可以利用聯想，由此及彼，發抒文外之意。所以從《詩經》、《楚辭》以來，就有比興的表現方式。詞也不在例外。

起兩句寫荷花所在之地。「回塘」，位於迂迴曲折之處的池塘。「別浦」，不當行路要衝之處的水口。（小水流入大水的地方叫做浦。另外的所在謂之別，如別墅、別業、別館）回塘、別浦，在這裏事實上是一個地方。就儲水之地而言，則謂之塘；就進水之地而言，則謂之浦。荷花在回塘、別浦，就暗示了她處於不容易被人發現，因而也不容易為人愛慕的環境之中。「楊柳」、「鴛鴦」，用來陪襯荷花。楊柳在岸上，荷花在水中，一綠一紅，著色鮮艷。鴛鴦是水中飛禽，荷花是水中植物，本來常在一處，一向被合用來作裝飾圖案，或繪入圖畫。用鴛鴦來陪襯荷花之美麗，非常自然。

第三句由荷花的美麗轉入她不幸的命運。古代詩人常以花開當折，比喻女子年長當嫁、男子學成當仕，故無名氏所歌《金縷衣》云：「勸君莫惜金縷衣，勸君惜取少年時。花開堪折直須折，莫待無花空折枝。」而荷花長在水中，一般都由女子乘坐蓮舟前往採摘，如王昌齡《採蓮曲》所寫：「吳姬越艷楚王妃，爭弄蓮舟水濕衣。來時浦口花迎入，採罷江頭月送歸。」但若是水中浮萍太密，蓮舟的行駛就困難了。這當然只是一種設想，而這種設想，則是從王維《皇甫岳雲溪雜題．萍池》「春池深且廣，會待輕舟回。靡靡綠萍合，垂楊掃復開」來，而反用其意。以荷花之不見採由於蓮舟之不來，蓮舟之不來由於綠萍之斷路，來比喻自己之不見用由於被人汲引之難，被人汲引之難由於仕途之有礙。託喻非常委婉。

第四句再作一個比譬。荷花既生長於回塘、別浦，蓮舟又被綠萍遮斷，不能前來採摘，那麼能飛的蜂與蝶該是可以來的吧。然而不幸的是，這些蜂和蝶，又不知幽香之可愛慕，斷然不來。這是以荷花的幽香，比自己的品德；以蜂蝶之斷然不來，比在上位者對自己的全不欣賞。

歇拍承上兩譬作結。蓮舟不來，蜂蝶不慕，則美而且香的荷花，終於只有自開自落而已。「紅衣脱盡」，是指花瓣飄零；「芳心苦」，是指蓮心有苦味。在荷花方面説，是設想其盛時虛過，旋即凋敗；在自己方面説，則是雖然有德有才，卻不為人知重，以致志不得行，才不得展，終於只有老死牖下而已：都是使人感到非常痛苦的。將花比人，處處雙關，而毫無牽強之跡。

過片推開一層，於情中佈景。「返照」二句，所寫仍是回塘、別浦之景色。落日的餘暉，返照在蕩漾的水波之上，迎接着由浦口流入的潮水。天空的流雲，則帶着一陣或幾點微雨，灑向荷塘。這兩句不僅本身寫得生動，而且還暗示了荷花在塘、浦之間，自開自落，為時已久，屢經朝暮，飽歷陰晴，而始終無人知道、無人採摘，用以比喻在自己的生活經歷中，也遭遇過多少世事滄桑、人情冷暖。這樣寫景，就同時寫出了人物的思想感情乃至性格。

「依依」一句，顯然是從李白《淥水曲》「荷花嬌欲語，愁殺蕩舟人」變化而來。但指明「語」的對象為騷人，則比李詩的含義為豐富、深刻。屈原《離騷》：「製芰荷以為衣兮，集芙蓉以為裳。不吾知其亦已兮，苟餘情其信芳。」正因為屈原曾設想採集荷花（芙蓉也是荷花，見王逸《註》）製作衣裳，以象徵自己的芳潔，所以詞中才也設想荷花於蓮舟不來，蜂蝶不慕，自開自落的情況之下，要將滿腔心事，告訴騷人。但此事究屬想像，故用一「似」字，與李詩用「欲」字同，顯得虛而又活，幻而又真。王逸《〈離騷經〉章句序》中曾指出：「《離騷》之文，依《詩》取興，引類譬喻。故善鳥、香草，以配忠貞……宓妃、佚女，以譬賢臣。」從這以後，香草、美女、賢士就成為三位一體了。在這首詞中，作者以荷花（香草）自比，非常明顯，而結尾兩句，又因以「嫁」作比，涉及女性，就同樣也將這三者連串了起來。

「當年」兩句，以文言，是想像中荷花對騷人所傾吐的言語；以意言，則是作者的「夫子自道」。行文至此，花即是人，人即是花，合而為一了。「當年不肯嫁春風」，是反用張先的〈一叢花令〉「沉恨細思，不如桃杏，猶解嫁東風」，一看即知，而荷花之開，本不在春天，是在夏季，所以也很確切。春天本是百花齊放、萬紫千紅的時候，詩人既以花之開於春季，比作嫁給春風，則指出荷花之「不肯嫁春風」，就含有她具有一種不願意和其他的花一樣地爭妍取憐那樣一種高潔的、孤芳自賞的性格的意思在內。這是寫荷花的身份，同時也就是在寫作者自己的身份。但是，當年不嫁，雖然是由於自己不肯，而紅衣盡脱，芳心獨苦，豈不是反而沒由來地被秋風耽誤了嗎？這就又反映了作者由於自己性格與社會風習的矛盾衝突，以致始終仕路崎嶇，沉淪下僚的感嘆。

南唐中主〈浣溪沙〉云：「菡萏香銷翠葉殘，西風愁起綠波間。」王國維《人間詞話》認為「大有眾芳蕪穢，美人遲暮之感」。（「唯草木之零落兮，恐美人之遲暮。」「雖萎絕其亦何傷兮，哀眾芳之蕪穢。」均《離騷》句）這位著名的文學批評家是敏感地察覺到了這個偏安小國的君主為自己不可知的前途而發出的嘆息的。晏幾道的〈蝶戀花〉詠荷花一首，如前所説，可能是為小蓮而作。其上、下片結句「照影弄妝嬌欲語，西風豈是繁華主」和「朝落暮開空自許，竟無人解知心苦」，與本詞「無端卻被秋風誤」和「紅衣脱盡芳心苦」的用筆用意，大致相近，可以參照。

由於古代詩人習慣於以男女之情比君臣之義、出處之節，以美女之不肯輕易嫁人比賢士之不肯隨便出仕，所以也往往以美女之因擇夫過嚴而遲遲不能結婚以致耽誤了青春年少的悲哀，比賢士之因擇主、擇官過嚴而遲遲不能任職以致耽誤了建立功業的機會的痛苦。曹植《美女篇》：「佳人慕高義，求賢良獨難……盛年處房室，中夜起長嘆。」杜甫《秦州見敕目薛、畢遷官》：「喚人看騕褭，不嫁惜娉婷。」陳師道《放歌行》：「春風永巷閉娉婷，長使青樓誤得名。不惜捲簾通一顧，怕君着眼未分明。」「當年不嫁惜娉婷，抹白施朱作後生。說與旁人須早計，隨宜梳洗莫傾城。」雖立意措辭有所不同，但都是以婚媾之事，比出處之節。本詞則通體以荷花為比，更為含蓄。

《宋史・文苑傳》載賀鑄「喜談當世事，可否不少假借。雖貴要權傾一時，少不中意，極口詆之無遺辭。人以為近俠……竟以尚氣使酒，不得美官，悒悒不得志。」這些記載，對於我們理解本詞很有幫助。

橫塘路

（即〈青玉案〉）

凌波不過橫塘路，但目送，芳塵去。錦瑟華年誰與度？月橋花院、瑣窗朱户，只有春知處。　飛雲冉冉蘅皋暮，彩筆新題斷腸句。試問閒愁都幾許？一川煙草，滿城風絮，梅子黃時雨。

作者晚年退隱蘇州，住在橫塘附近。此詞當是其時其地所作。它表面似寫相思之情，實則是發抒悒悒不得志的「閒愁」。上片，情之間阻；下片，愁之紛亂。上是賓，下是主。

起三句用曹植《洛神賦》「凌波微步，羅襪生塵」之語。凌波微步，不過橫塘，是其人沒有來；面對芳塵，只能目送，是自己也不能去。「但」，猶言僅、只。她沒有來，己不能去，則極目遠望，只能從所見到的一片芳塵之中，想像其「凌波微步」的美妙姿態而已。

「錦瑟」一句提問，直用李商隱《錦瑟》：「錦瑟無端五十弦，一弦一柱思華年。」問她美好的青春與誰共度，亦即懸揣其無人共度之意。點出盛年不偶，必致「美人遲暮」，暗暗關合到自己的遭際。

「月橋」兩句，是想像中其人的住處。「只有」句是說其地無人知，自然也就更無人到。「月橋花院」寫環境之幽美，「瑣窗朱戶」寫房室之富麗，由外及內，而結以「只有春知處」，就從絢爛繁華的時間和空間裏，顯示出其人的寂寞來。這三句，共有兩層意思：其一，其人深居獨處，虛度華年，非常值得同情和憐惜；其二，深閨邃遠，除了一年一年的春光之外，無人能到，自己當然也無從寄予相思、相惜之情。這也完全與詞人自己沉淪下僚，一輩子不被人知重的情況相吻合。

過片「飛雲冉冉」，是實寫當前景色，同時暗用江淹《休上人怨別》「日暮碧雲合，佳人殊未來」，以補足首句「淩波不過」之意。「蘅皋暮」，是說在生長着杜蘅這種香草的澤邊，徘徊已久，暮色已臨，也是實寫，同時又暗用曹植《洛神賦》「爾乃稅駕乎蘅皋，秣駟乎芝田」。曹植就是中途在那兒休息，才遇到洛神宓妃的。這就補充了詞中沒有寫出的第一次和其人見面的情節。細針密線，天衣無縫。

「彩筆」一句，承上久立蘅皋，伊人不見而來。由於此情難遣，故雖才情富艷，有如江淹之曾得郭璞在夢中所傳的彩筆，而所能題的，也不過是令人傷感的詩句罷了。提起筆來，唯有斷腸之句，都是由萬種閒愁而起，所以緊接着就描寫閒愁。先以「幾許」提問，引起注意，然後以十分精警和誇張的比喻作答，突出主旨，結束全篇。

這首詞當時非常出名。黃庭堅寄作者詩云：「少游醉臥古藤下，誰與愁眉唱一杯？（秦觀〈好事近〉：「醉臥古藤陰下，了不知南北。」）解作江南斷腸句，只今唯有賀方回。」詩作於秦觀死後，意思是說，當今詞手，就只有他了。而結尾三句，尤其為人傳誦，以至作者被稱為「賀梅子」（見周紫芝《竹坡詩話》）。

結尾之好，歷來批評家多有論及，現加以概括，列舉如下：

其一，它們是用具體而生動的景物表現了抽象的、無跡可求的和難以捉摸的細緻感情，使這種感情轉化為可見的、可聞的，因而是可信的事物，使讀者可以從閒愁的形象中受到它的感染。本是言情，而作者卻借景抒情，而所寫之景，又極其鮮明而且多樣化，使人覺得此愁簡直充塞天地，無所不在。沈謙《填詞雜說》所云：「不特善於喻愁，正以瑣碎為妙。」正是此意。

其二，這些比喻都不沿襲前人。羅大經《鶴林玉露》云：「詩家有以山喻愁者，杜少陵云：『憂端如山來，澒洞不可掇。』趙嘏云：『夕陽樓上山重疊，未抵閒愁一倍多。』是也。有以水喻愁者，李頎云：『請量東海水，看取淺深愁。』李後主云：『問君能有幾多愁？恰似一江春水向東流。』秦少游云：『落紅萬點愁如海。』是也。賀方回云：『試問閒愁都幾許？一川煙草，滿城風絮，梅子黃時雨。』蓋以三者比愁之多也，尤為新奇，兼興中有比，意味更長。」所謂新奇，即富於創造性。所謂興中有比，即不僅比閒愁之無盡，亦以興身世之可悲，因為三者都屬於暮春和初夏，即「春去也」的光景，對於詞人的晚境欠佳，是有其象徵性的。

其三，如羅大經所略舉，他人言愁，或以山喻，或以水喻，大都只限於用一個比譬，本詞卻連設三喻；而且這三個比譬，又都不是單純的事物如山或水，而是複合的景色。草是煙霧中的草，而且是一望無際的平原上的煙草。（一川即滿川，川在這裏是平原之意，即杜甫《樂遊園歌》中「秦川對酒平如掌」之川）絮是在空中飛動的絮，而且是韓《寒食》中「春城無處不飛花」之花絮。雨是梅子黃時下個不停的、如霧如煙的雨。（《潘子真詩話》嘗舉寇準「杜鵑啼處血成花，梅子黃時雨如霧」之句，以為是賀詞所本）這都是它們跨越了前人同類句子的地方。所以沈際飛在《〈草堂詩餘〉正集》中評為「真絕唱」。

順便提到，像以多種事物比譬一件事物這樣的誇張手法，雖在文人詞中少見，寫得像本詞這樣新奇的更是不多，但這卻是民間文學中常見的。由漢代民歌一直到清代京戲劇本中都有。如《鐃歌》中漢代民間詩人所寫的《上邪》：「上邪！我欲與君相知，長命無絕衰。山無陵，江水為竭，冬雷震震，夏雨雪，天地合，乃敢與君絕！」又敦煌卷子中唐代民間詞人所寫的〔菩薩蠻〕：「枕前發盡千般願，要休且待青山爛，水面上秤錘浮，直待黃河徹底枯。白日參辰現，北斗回南面，休即未能體，且待三更見日頭。」前者以高山變平、江水變乾、冬天打雷、夏天落雪、天地合併等五種絕對不可能發生的事情，後者以青山爛壞、秤錘浮水、黃河乾枯、參辰晝見、北斗南回、三更見日等六種絕對不可能發生的事情來比譬愛情之不可能「絕」和「休」，其聯想之豐富，比擬之奇特，感情之深沉，風格之渾厚、純樸、剛健，又把賀鑄這三句比下去了。雖然這三句更其工巧，而且仍不失為佳作。

其四，這三句本是虛景實寫，目的在於用作比譬，但所寫又確係春末夏初橫塘一帶的景物，它本足以引起紛亂的愁緒，所以寫來就顯得亦景亦情，亦虛亦實，亦比亦興，融成一片。先著《詞潔》評本詞為「工妙之至，無跡可尋」，正是指的這種地方。

作者大概是在橫塘附近曾經偶然見到過那麼一位女子，既不知其住址，也無緣與之相識，甚至也沒有一定想要和她相識，但在她身上，卻寄託一些遐想、一些美人遲暮的悲哀。《寥園詞選》說此詞下片「言幽居腸斷，不盡窮愁，唯見煙草、風絮、梅雨如霧，共此旦晚，無非寫其境之鬱勃岑寂耳」。這一見解是符合詞意的。所以，它雖寫了相思，卻並非以愛情為主題的作品。

薄幸

淡妝多態，更的的、頻回眄睞。便認得、琴心先許，欲綰合歡雙帶。記畫堂、風月逢迎，輕顰淺笑嬌無奈。向睡鴨爐邊，翔鸞屏裏，羞把香羅暗解。　自過了、燒燈後，都不見、踏青挑菜。幾回憑雙燕，丁寧深意，往來卻恨重簾礙。約何時再？正春濃酒困，人間晝永無聊賴。厭厭睡起，猶有花梢日在。

這首詞是懷念情人之作，上片寫往事，下片寫今情。

它一上來用兩句介紹了人，比較簡略，而把篇幅保留了下來，鋪敘其相逢相會之事。「淡妝」為甚麼使人感到可愛，在前張先詞中已講過，這裏不重複。本已「多態」，而又長着一雙靈活的眼睛，就更動人了。《洛神賦》形容宓妃之美，也突出了「明眸善睞」這一點。「的的」，嬌美之貌，即後來通俗小說中的「嬌滴滴」。對於這個人，只說了妝之淡、態之多、眸之明，就足以概其餘，因此，以下就轉而寫其相逢之事。

大家都知道，眼睛是會說話的，眼神所表達的語言，雖然無聲，卻往往比口中說出的有聲的語言更富於暗示性。她「頻回眄睞」，當然就是如《九歌．少司命》中所說：「滿堂兮美人，忽獨與余兮目成。」所以以下便用「琴心」的典故，以進一步寫出彼此目成心許，一見傾心之情。卓文君新寡，司馬相如彈琴去挑逗她，她就和他相好了。合歡是一種象徵和合歡樂的花紋圖案，凡其上有這種花紋的物品，均以合歡為名，如合歡扇、合歡被、合歡襦等。由於認得琴心，遂有合歡之意，因此，以下就進而寫其歡會。

從「記畫堂」以下一直到歇拍，都是回憶當日相會的情形，由堂而室。「畫堂」，是寫所在之幽美；「風月逢迎」、「輕顰淺笑」，則極寫相遇之款洽。「顰」、「笑」、「嬌」都從上「態」來，而「輕」、「淺」、「無奈」，則使「多」更為具體，更其形象化。「爐邊」、「屏裏」，點明內室，正寫歡情。「睡鴨」，指熏爐的形狀，「翔鸞」，指屏風的畫飾，借富麗的陳設，以襯托其人之美艷。曰「羞」、曰「暗」，仍是「多態」。

過片以「自過了」三字從過去挽到現在。燒燈、踏青、挑菜，都是古代風俗。農曆正月，賞玩花燈。十五日（上元）是正日子，在這以前玩燈，叫做試燈，又名預賞。正月十五以後，繼續賞玩。到了二月十五，便把燈燒了，告一結束，叫做燒燈。春天草長以後，出郊遊賞，叫做踏青，具體日子，各書記載不同，有正月初八、二月初二、三月初三各種說法。挑菜，事實上是古代婦女郊遊的一種形式，也有的書上記載二月初二是挑菜節。我國幅員廣大，歷史悠久，各地氣候、各代風俗自然難以盡同。但如詞所敘，是燒燈在前，踏青挑菜在後，則假定燒燈在二月，踏青挑菜在三月比較合於詞中事實。總之，是說從燒燈之夜歡會以後，就再也沒有看到其人的蹤跡了。

就假定是從二月十五到三月初三吧，也只有十七八天，是很短暫的；在踏青挑菜的日子，她不曾出遊，錯過了重見的機緣，也是尋常的。但對於一個朝思暮想、度日如年的情人來說，卻形成一種沉重的負擔了。相思而無從相見，就想傳遞消息，而又無人可託，只好「憑雙燕，丁寧深意」，雖然如此，而又為「重簾」所「礙」，因此歸到：「約何時再？」燕子築巢堂中梁上，故詩云：「海燕雙棲玳瑁梁。」（沈佺期《獨不見》）堂前有簾，簾子捲起，燕子才能進出，故詞云：「穿簾海燕雙飛去。」（晏殊〈蝶戀花〉）重簾複幕，不只一層，消息自更無從傳達了。事雖不能，情終不忍，所以不作絕望之辭，而以疑問的口氣頓住。

「正春濃」兩句，以「春濃」、「酒困」、「人閒」、「晝永」四層來形容人之「無聊賴」。結尾兩句，補足上意。既「無聊賴」，則唯有付之一睡。但心事重重，睡亦不酣。一覺醒來，無精打采，以為睡了不少時候，豈知日在花梢，時間還早，則如此長日，又何以排遣呢？前兩句已用四層意思極寫長日無聊，而又接以這兩句，非情思深厚，筆力雄健，難以做到。

以全詞論，它上片追敍前歡，從目成、心許到畫堂逢迎、鸞屏幽會，有幾許情事、幾許曲折在內，而筆勢卻是一氣直下。過片以「自過了」三字承上啓下，從燒燈而踏青挑菜，而丁寧雙燕，又有多少情事、多少曲折在內，然後直到當前之春濃、酒困、人閒、晝永、睡起、日在，又一層深似一層，仍是一事接一事，一句接一句，貫串而下。整首從頭至尾，似乎一瀉無餘，但又鋪敍詳盡，情致委曲。這是北宋慢詞在藝術上所達到的很高的造詣，為柳永所擅長。此詞亦從柳出。

周濟《宋四家詞選》評本詞云：「耆卿於寫景中見情，故淡遠。方回於言情中佈景，故穠至。」又其《介存齋論詞雜著》云：「耆卿熔情入景，故淡遠。方回熔景入情，故穠麗。」所言柳、賀兩家之別，極為有見。柳詞大段寫景，每每見景生情，景中見情，融情入景，以前所析，不難覆按。賀詞着意寫情，景為情用，故情中佈景，融景入情，如前首「月橋」兩句，「一川」三句都是，而本首幾乎通體如此。淡遠，是由於遠取諸物，先景後情。穠至（穠麗），則由於近取諸身，先情後景。周濟在這裏為我們提出了一個風格學中的新課題，即風格的形成，不獨是基於個性，而且還受到藝術手段的制約，很值得認真思考。顯然，在這一點上，我們所知道的還很貧乏。

將進酒

（即〔小梅花〕）

城下路，淒風露，今人犁田古人墓。岸頭沙，帶蒹葭，漫漫昔時流水今人家。黃埃赤日長安道，倦客無漿馬無草。開函關，掩函關，千古如何不見一人閒？　六國擾，三秦掃，初謂商山遺四老。馳單車，致緘書，裂荷焚芰接武曳長裾。高流端得酒中趣，深入醉鄉安穩處。生忘形，死忘名，誰論二豪初不數劉伶？

這首詞也是一篇以詠史來詠懷的作品，但所詠史事，並非某一歷史事件，而是一種在古代社會中帶有普遍性的歷史現象；所詠懷抱，也並非與這一歷史現象相契合，而是與之相對立，所以與多數的詠史即詠懷的作品的格局、命意都有所不同。

封建社會的統治階級為了實現自己的野心和貪欲，總是不斷地爭城奪地，至少也是爭名奪利。這種爭奪的結果，不但使廣大人民遭殃，也使統治階級中某些道德和才能出眾的成員受到壓抑和排斥。賀鑄就是其中的一個。他這類的作品，就是針對這種普遍存在的歷史現象而發出的不平之鳴。作品中所表現的對於那樣一些統治者及其幫忙、幫閒們的鄙視，是有其進步意義的。但由於階級性和世界觀的限制，他又只知道向「醉鄉」中逃避，即採取不合作的態度，這種消極的生活態度和思想感情又顯示了這種進步意義的局限性很大。

以憤慨、嘲諷的口吻來描寫歷史上那些一生忙着追求權勢和名利的人，佔了這首詞的大部份篇幅。但起筆卻從人事無常寫起，這樣，就好比釜底抽薪，把那些熱衷於富貴功名的人都看得冷淡了，從而為下文揭露這些人的醜態，埋下伏線，同時，也為作者自己最後表示的消極逃避思想埋下伏線。

自然界的變化，一般比人事變化遲緩。如果自然界都發生了變化，那人事變化之大就可想而知了。滄海桑田的典故，就是說的這種情況。本詞一上來六句，也是就自然與人事兩方面合寫這個意思。詞句用顧況《悲歌》「邊城路，今人犁田昔人墓；岸上沙，昔時流水今人家」，而略加增改。前三句寫陸上之變化，墓已成田（用《古詩》「古墓犁為田」之意），有人耕；後三句寫水中之變化，水已成陸，有人住。下面「黃埃」二句也從顧況《長安道》「長安道，人無衣，馬無草」來，接得十分陡峭。看了墓成田，水成陸，人們該清醒了吧？然而，不，他們依舊為了自己的打算，不顧一切地奔忙着。函谷關是進入長安的必由之路。關開關掩，改朝換代，然而長安道上還是充滿了人渴馬飢的執迷不悟之徒。歇拍用一問句收束，譏諷之意自見。

過片兩句，「六國擾」，概括了七雄爭霸到秦帝國的統一，「三秦掃」，概括了秦末動亂到漢帝國的統一。「初謂」四句，是指在秦、漢帝國通過長期戰爭而完成統一事業的過程中，幾乎所有人都被捲進去了。是不是也有人置身局外，即沒有在這種局勢中為自己作些打算的呢？詞人說，他最初還以為商山中還留下了東園公、甪里先生、綺里季、夏黃公這「四老」，誰知道經過統治者寫信派車敦請以後，就也撕下了隱士的服飾，一個跟着一個地穿起官服，在帝王門下行走起來了。（商山四皓最初不肯臣事漢高祖，後被張良用計請之出山，保護太子，見《史記·留侯世家》。南齊周彥倫隱居鍾山，後應詔出來做官，孔稚珪作《北山移文》來譏諷他，中有「焚芰制而裂荷衣，抗塵容而走俗狀」之語。又漢鄒陽《上吳王書》中句：「何王之門不可曳長裾乎？」）這四句專寫名利場中的隱士，表面上很恬淡，實則非常熱衷。隱居，只是他們的一種姿態、一種向統治者討價還價的手段，一到條件講好，就把原來自我標榜的高潔全部丟了。上面的「初」字、「遺」字和下面的「裂」字、「焚」字、「接」字、「曳」字，不但生動準確，而且相映成趣，既達到嘲諷的目的，也顯示了作者的幽默感。不加評論，而這般欺世盜名的人物的醜態自然如在目前。

「高流」以下，正面結出本意。《醉鄉記》，隋、唐之際的王績作，《酒德頌》，晉劉伶作，都是古來讚美飲酒的著名文章。在《記》中，王績曾假設「阮嗣宗、陶淵明等十數人並遊於醉鄉，沒身不反，死葬其壤，中國以為酒仙」。在《頌》中，劉伶曾假設有貴介公子和縉紳處士各一人，起先反對飲酒，後來反而被專門痛飲的那位大人先生所感化。高流，指阮、陶、劉、王一輩人，當然也包括自己在內。末三句是說，酒徒既外生死、忘名利，那麼公子、處士這二豪最初不贊成劉伶那位先生，又有誰去計較呢？肯定阮、劉等，也就是否定「長安道」上的「倦客」、「裂荷焚芰」的隱士。（「生忘形」，用杜甫《醉時歌》：「忘形到爾汝，痛飲真吾師。」

「死忘名」，用《世說新語．任誕篇》載晉張翰語：「使我有身後名，不如即時一杯酒。」均與「高流端得酒中趣」切合）方伯海《〈文選〉集成》評《酒德頌》云：「古人遭逢不幸，多託於酒，謂非此無以隱其幹濟之略，釋其悲憤之懷。」這首詞以飲酒與爭權勢、奪名利對立，也是此意。

張耒《〈東山詞〉序》曾指出賀詞風格多樣化的特點：「夫其盛麗如游金、張之堂，而妖冶如攬嬙、施之袪，幽潔如屈、宋，悲壯如蘇、李，覽者自知之。」這首詞和前幾首截然不同，也可證明此點。從這些地方，我們可以看出，蘇軾的作品在詞壇出現以後，其影響是相當廣泛的。

周邦彥（七首）

瑞龍吟

章臺路，還見褪粉梅梢，試花桃樹。愔愔坊曲人家，定巢燕子，歸來舊處。　黯凝佇，因念個人癡小，乍窺門戶。侵晨淺約宮黃，障風映袖，盈盈笑語。　前度劉郎重到，訪鄰尋里，同時歌舞，唯有舊家秋娘，聲價如故。吟箋賦筆，猶記《燕臺》句。知誰伴、名園露飲，東城閒步？事與孤鴻去。探春盡是，傷離意緒。官柳低金縷。歸騎晚，纖纖池塘飛雨。斷腸院落，一簾風絮。

這首詞寫重遊舊地，但已看不到舊日情人的悵惋之情。對於作者來說，也許是一次新的生活經驗，但這卻是一個古老的主題，所以周濟《宋四家詞選》說它只是崔護《題都城南莊》「去年今日此門中，人面桃花相映紅。人面不知何處去，桃花依舊笑春風」一詩的「舊曲翻新」。

詞的起筆便表明了這舊日情人乃是汴京的一位妓女。章臺本是西漢京城長安一條繁華熱鬧的街名，見《漢書．張敞傳》，而鬧市往往為妓女所聚居，所以又借指「坊曲人家」。（「坊曲」，各本作「坊陌」。鄭文焯校本云：「楊升庵云：『俗改曲為陌。』案：唐人《北里志》有『海論三曲中事』，蓋即平康里舊所聚居處也。當時長安諸倡家謂之曲；其選入教坊者，居處則曰坊。故云『坊曲人家』，非泛言之也。本集〈拜星月慢〉云：『小曲幽坊月暗』，可證『坊曲』為美成習用。」）這裏則借長安鬧市以指汴京坊曲。「褪粉梅梢」，是寫梅花已將凋謝，故褪去花粉；「試花桃樹」，是寫桃花方始開放，故稱為試花。二語點明季節，而領以「還見」兩字，則是說明章臺花樹，本是當年常來之地、常見之物，今日地、物依然，可是，人呢？這一起只從正面寫了地、物仍舊，而實際上卻已暗示了物是人非之感。

「愔愔」三句，進一步發抒了這種感慨。由「章臺路」寫到「坊曲人家」，重來的地點更具體了；由路旁的花樹寫到屋中的燕子，重見的事物也更具體了。「定巢」，猶言安巢。杜甫《堂成》「頻來語燕定新巢」，是用字所本。燕子依人定居，可是它們又是不理會人事的變遷，認屋不認人的，所以人雖換了，依然來「舊處」「定巢」。點明舊處，可見燕子也是當年常見的舊侶。燕子今年還能夠回來定巢，可是，人呢？這就見得物是人非之感更深了。第一疊本是寫詞人初臨舊遊之地所見所感，但通體只說物，不說人，只暗說，不明說，就顯得感情沉鬱，有待抒發，直逼出後面的文字來。

第二疊還是不直接抒寫自己的「人面桃花」之感，卻因景及情，因物及人，描繪了自己初見那位姑娘時一直保留在記憶中的美好印象。在行文方面，這乃是一種頓挫。這印象是如此新鮮而深刻，以致當他在舊遊之地淒黯地佇立徘徊的時候，就自然而然地湧上心來。所以「黯凝佇」三字，是拉開回憶的幕布的契機；就結構上說，則起了承上啓下的作用。

「因念」以下，是關於那位姑娘的直接描寫。「個人」，即那人。「癡小」，形容她年紀還輕，天真爛漫。「淺約宮黃」，猶後來所謂薄施脂粉，也就是淡妝。以黃塗額，謂之約黃，本是古代宮廷婦女的一種打扮，後來民間也加以仿效。「障風映袖」從「乍窺門戶」來，從「清晨」來。由於她一清早就打扮好了，在門口看街，（古代妓女習慣於在門口看街，這可能和招攬客人有關。《史記·貨殖列傳》載有「刺繡文，不如倚市門」的諺語。許顗《彥周詩話》：「詩人寫人物態度，至不可移易。元微之《李娃行》云：『髻鬟峨峨高一尺，門前立地看春風。』此定是娼婦。」皆可證）初春餘寒尚存，曉風多厲，不得不以袖遮風，因而晨妝後鮮艷的容顏，就掩映在衣袖之間了。「盈盈笑語」則是「癡小」的具體表現。這一切，都是詞人在從前某一個可紀念的清晨所銘刻在心底的不可磨滅的印象，而這一印象的重新浮現，顯然是舊地重遊，情人不見，黯然佇立時，被勾引起來的。

以上兩疊，是雙拽頭，寫憶舊；第三疊才是過片，寫傷今，也是聲情相應。「前度劉郎重到」，點明情事。這「重到」，按時間順序說，是在「還見」和「因念」之先，可是最後才說出來。這是周詞講究鋪敍騰挪之處。此語雖然出自劉禹錫《再遊玄都觀》「種桃道士歸何處，前度劉郎今又來」，以與前文「試花桃樹」關合，但實質上卻是用劉義慶《幽明錄》所載東漢劉晨入天台山遇仙女故事，這個故事中也有桃樹（詳後〈玉樓春〉篇）。我們也可以說，是兩典合用，成語用前者，故事用後者。註家們只引劉禹錫詩，是不全面的。由於情人不見，就很自然地想到尋訪她舊日的鄰居，打聽她的消息，從而知道了當時那些坊曲人家風流濟楚的人物，大都離散消沉，只有從前那位姑娘，雖然不住在原處了，卻至今仍然保持着很高的聲價。（「舊家」，即從前的意思，是當時口語。秋娘是貞元、元和時代在長安負盛名的一位妓女，其名屢見於元稹、白居易詩中，如元稹《贈呂三校書》「競添錢貫定秋娘」，白居易《江南喜逢蕭九徹因話長安舊遊》「巧語許秋娘」，所以用來作比。此人並不是見於段安節《樂府雜錄》的謝秋娘，也不是杜牧詩中的杜秋娘，不可弄混了）這就暗示了自己的情人在歌臺舞榭中的聲名、地位。那位姑娘雖然身價依舊，但人卻已雖可聞，不可見，而在自己這一方面，還分明記得當時兩相愛慕的情形，故有暗用李商隱詩中故事的「吟箋」兩句。

據李集《柳枝》詩序所載，柳枝是洛陽的一位姑娘，她因聽到李商隱的堂兄吟詠商隱的《燕臺詩》，產生了愛悅之情，可是後來因故沒有能夠結合（第二疊「障風映袖」也是略用詩序中語）。因此，這兩句不只是寫雙方相識相好的經過，而且還暗示了對方的愛才之心與自己的知己之感，以至於今日懷念舊情的時候，不能不連帶想起自己過去曾經打動過她的心弦的「吟箋賦筆」來。

正因為這是追念昔日的知音，所以下面「知誰伴」的問句，才顯得更有份量。和那位姑娘在名園的露天之下飲酒，在東城一帶散步，這在當年，本來都是自己的事，但現在是誰在陪伴她呢？這就寫出了無限難堪之情和今昔之感，風格也顯得沉鬱了。杜牧《題安州浮雲寺樓寄湖州張郎中》：「恨如春草多，事與孤鴻去。」詞即直用杜詩原句，以表惜別之情。「事」雖指「露飲」、「閒步」而言，自然也包括了更多的往事在內。這一句結束了上面的回憶，使人回到清醒的現實中來，而不露痕跡，所以周濟說它是「化去町畦」。這樣，「探春盡是，傷離意緒」這點明主旨的句子就很自然地接着出現了。所探之春，不只是季節上的春天，而且是感情上的春天，這是很清楚的。

由「凝佇」而「訪」、「尋」，由回憶而清醒，最後只有踏上歸途。所以「歸騎晚」以下，就直寫歸途的景色。「歸騎」著一「晚」字，可見徘徊之久、留戀之深。而一路之上，官柳低垂，池塘飛雨，更增添了春愁、別恨。歸家以後，沉沉院落，風絮滿簾，也無非令人腸斷而已。「斷腸」回應上面的「凝佇」、「因念」、「傷離意緒」，結束全篇。

這首詞首寫舊地重遊所見所感，次寫當年舊人舊事，末寫撫今追昔之情，處處以今昔對襯。雖然層次分明，但曲折盤旋，不肯用一直筆，在藝術結構上煞費匠心，所以周濟要我們看它的「層層脫換，筆筆往復處」。

蘭陵王

柳

柳陰直，煙裏絲絲弄碧。隋堤上，曾見幾番，拂水飄綿送行色。登臨望故國。誰識，京華倦客？長亭路，年去歲來，應折柔條過千尺。

閒尋舊蹤跡，又酒趁哀弦，燈照離席。梨花榆火催寒食。愁一箭風快，半篙波暖，回頭迢遞便數驛，望人在天北。

淒惻，恨堆積。漸別浦縈回，津堠岑寂。斜陽冉冉春無極。念月榭攜手，露橋聞笛。沉思前事，似夢裏，淚暗滴。

這首詞的題目是詠柳，實則借柳賦別，與一般詠物之作不同。如作者〈六醜〉詠謝後薔薇，即與此有別。折柳贈別，是宋以前早就形成的風俗。因而在古典詩歌中，寫離別的作品，常常涉及柳樹。本詞題為詠柳，而實際上則寫離情，也由於此。

一起兩句，直點本題。只一「直」字，就將一道長堤、兩行垂柳畫了出來，與王維《使至塞上》「大漠孤煙直」的「直」字，一寫橫，一寫縱，各極其妙。高柳垂陰，煙中弄碧，千絲萬縷，依依有情，已經為下文開拓局面。兩句正面寫柳，繳足題面。這樣起頭，正因為以後着重的是離情而非柳樹，所以似直而實曲，並非開門見山，一覽無餘。

隋堤是隋煬帝時所築汴河之堤，也是人們由水路離開汴京的出發點，所以詞人也就不止一次地看見過堤上這些柳樹「拂水飄綿」地送走行人。（行色，指行人出發時的情景。古人用「色」字，意義較現代為廣泛，可參看《文心雕龍．物色篇》）這也就是說，知道這些長堤上的柳樹，曾經無數次地抱着同情，做過離情別緒的見證人。「曾見」，是下面「登臨望故國」的「京華倦客」，也就是詞人所曾見，是倒敘。這本屬旁觀，然而這位旁觀者卻也正是個已經厭倦了京城的客居生活，在登臨之際，懷念故鄉的人，又有誰知道呢？用筆沉鬱頓挫。杜甫《秋興》：「故國平居有所思。」故國即指故鄉，古典詩詞中習見。登臨而望故國，正是在京華作客已倦的證明。這兩句從詠柳樹轉到寫離情，從而提出了詞中主人公的久客思家之感。本詞是寫離情，寫居者送行者，而這位居者又是客中送客，所以在送別人的時候，不能不想到自己也同樣是客人，而且還是欲歸不得的客人。「隋堤上」以下諸句，正是非常有特徵地描摹了這樣一種不是味兒的心理狀態。

接着，又從離情關合楊柳，詞人的心靈轉入了更其細微的活動。他忽然對這些離別場面的見證人——柳樹也滿懷着同情了。他想到，在這長亭路上，年年歲歲，往往來來，每一次分離，都得折下柳條以表離情，那麼，被折下的柔軟的枝條該有多少啊！設想措辭，新穎深婉。在這以前，我們讀過李商隱《離亭賦得折楊柳》中的「人世死前唯有別，春風爭擬惜長條」，「為報行人休盡折，半留相送半迎歸」。在這以後，我們又讀過元好問〔江城子〕《觀別》中的「萬古垂楊，都是折殘枝」。這都是一些奇想、奇語，而各不相犯，可以細加比較、玩味。

以上第一疊，主要的是詠柳，因柳而及一般的別情，雖然這也是詞人目中所見、心中所想，但他還是處在旁觀者的地位。從第二疊起，才轉入自己當前情事。

「閒尋舊蹤跡」，承上面的「登臨」來，包括了「隋堤上」和「長亭路」的所見所感在內。今天來到此地，並非為了尋覓舊日蹤跡，而是為了送人，但既來之後，由於所見所感，不免對於舊日蹤跡發生回憶，而華燈照席，哀弦勸酒，離筵已經開始，才迫使人從追想之幻，回到眼前之真來。實則兩者時雖異而情則同，故用一「又」字關合。「梨花」一句，點明時令。舊俗：清明節前一天或兩天為寒食節，禁火；朝廷於清明節取榆、柳之火以賜近臣。這裏只是用以說明送別的時候，正值梨花盛開、榆火將賜的寒食節前，而其用意則在於揭示一種惘惘不甘的心情：在這濃春煙景的時候，為甚麼不能共度韶光，卻要獨唱驪歌呢？

「愁一箭風快」以下四句，如周濟所說的，是詞人「代行者設想」之詞。正在將別未別之時，卻預先代人愁着水漲風快，南行之船急如飛箭，一下子就離開了幾驛路程，回望送行的人，已在遠遠的北邊了。這四句是想像中情景，是虛摹而非實事，佈局變幻莫測，而放筆直寫，又極傷離贈別、人我兩方之情，所以周濟說這幾句「詞筆亦『一箭風快』」。這種翻進一層，從想像中著筆的手法，是周邦彥所最擅長的。它如〈滿庭芳〉《夏日溧水無想山作》云：「地卑山近，衣潤費爐煙。」〈大酺〉《春雨》云：「行人歸意速，最先念、流潦妨車轂。」都與此同一機杼。譚獻在其《復堂詞》自序中曾將其拈出，並要作詞的人「試於此消息之」，值得我們注意。

以上第二疊，主要的還是當筵觀感。第三疊才轉入別後情懷，正面抒寫離恨。「淒惻」兩句，直陳恨之深重，乃是上疊「愁」字深化的後果，因為那時還不過是愁其離去，而這時卻竟已離去，無可挽回了。以下兩句，再由虛摹而轉入實寫。「別浦」即津堠所在之地，「津堠」是水濱可供戍守住宿的房屋，亦即上文之水「驛」。這裏掉換字面，是為了調諧聲律和避免重複。「縈回」，謂船行後水波之蕩漾；「岑寂」，指送行處氣氛之冷落。用一「漸」字領起，就非常精確地體現了居者看着行者由將去而竟去，然後獨自留下來在水邊、驛畔凝望、徘徊的過程。

於是，在惆悵之際、岑寂之中，極目四顧，從而產生了「斜陽冉冉春無極」的感覺。這是周詞的名句。譚獻在《復堂詞話》中極為推賞，但所加評語卻很玄妙：「微吟千百遍，當入三昧，出三昧。」照我們看來，這句詞寫別浦、津堠之間離人去後的當前景色，而景中見情，其造語是非常工巧而深刻的。以所寫景色而論，「春無極」，即春色無邊，固引起綿邈之思；「斜陽冉冉」，即斜陽欲下，卻又有蒼茫之感。詞人巧妙地將這兩種不同的景色有機地融合在一起，就形成了一種如梁啓超在《藝蘅館詞選》評語中所說的「綺麗中帶悲壯」的藝術效果。再以所寓情思而論，春色無窮，固引起人的惆悵之意；黃昏將近，也觸發人的遲暮之悲。這樣，自不能不由離別相思之恨，而引申到自己作為一個「京華倦客」的因春惆悵、惋惜年華上來，所以其蘊含的感情也相當複雜。好在由景生情，情景融成一片。

由於傷春傷別，自然就憶起了舊人舊事。「念月榭」兩句，即下文的「前事」，而「沉思」則從「念」字來，是念的深化。「沉思前事」之餘，而結以「似夢裏，淚暗滴」，初看似乎不免草率，實則即況周頤在其《蕙風詞話》中所提倡的重拙之筆，它表現了詞人極其真摯深厚的感情。通篇構思措辭都很工巧，獨以重拙之筆作收，愈見渾厚。

夜飛鵲

別情

河橋送人處，良夜何其？斜月遠墮餘輝。銅盤燭淚已流盡，霏霏涼露霑衣。相將散離會，探風前津鼓，樹杪參旂。花驄會意，縱揚鞭、亦自行遲。

迢遞路回清野，人語漸無聞，空帶愁歸。何意重經前地，遺鈿不見，斜徑都迷。兔葵燕麥，向殘陽、影與人齊。但徘徊班草，欷歔酹酒，極望天西。

這首詞題為《別情》，更其具體地說，則是描摹在別後回憶分攜時的情況和情緒。

起筆從送人處寫入，接着，便以疑問語點明送人的時間。「良夜何其？」明用

《詩經．小雅．庭燎》：「夜如何其？」（其，音基，語尾助詞，無實義）同時，也暗用蘇軾《後赤壁賦》：「月白風清，如此良夜何？」美好的夜晚，應該是用來歡聚的，現在卻用來分離，豈不令人惆悵嗎？用《詩經》語而易「夜如」為「良夜」，有此用意，不獨於律當作平去而已。這兩句直貫下文許多情事。

「斜月」三句，是景語。斜月將落，只剩餘光；盤燭已殘，空堆紅淚：足見離筵之久，絮語之多。但「斜月」、「燭淚」、「涼露」，又是一些帶有凄清情調的事物，都暗示了離別時憂鬱的氣氛。因此，雖屬景語，卻沒有一句不可以當作情語來看，從而起了景中帶情，使人見景生情的作用。

用一時間的問句領起下文，接着便對夜景加以鋪敘，這一手法，使我們想起蘇軾的〈洞仙歌〉「試問夜如何？夜已三更，金波淡，玉繩低轉」諸句來。沈義父《樂府指迷》說周詞「下字運意，皆有法度，往往自唐、宋諸賢詩句中來」。這就是運意方面效法前人的一例。

酒闌燭盡，夜色已深，其勢則不可留，其情則不忍別。在這時候，所希望的，只是能多留一會兒便多留一會兒。「相將」三句，就是這一情景的寫真。「相將」，當時口語，猶言行將。明明知道離筵將散，可還是戀戀不捨，不時地用耳朵去「探」

聽渡頭報時的更鼓，用眼睛去「探」看樹梢上移動的星辰，（「參旂」，星名，見《晉書．天文志》）只這一「探」字，就將匆匆行色、依依別緒都突出來了。

時間飛快，已由夜半而到黎明。行者終於上了船，居者呢，也上了馬，各自東西了。推想居者這時的情緒，他騎在馬上，只可能如白居易《長恨歌》中所寫唐玄宗回長安時的情景：「東望都門信馬歸」，而不可能如孟郊《登科後》所寫的「春風得意馬蹄疾」。所以「花驄」三句，全屬虛擬之詞。其意無非是，馬且行遲，人意可想；馬猶如此，人何以堪？上文的「銅盤燭淚已流盡」，我們比較容易地看出，它是暗用杜牧《贈別》「蠟燭有心還惜別，替人垂淚到天明」。而這裏其實也同樣是效法小杜此詩透過一層的寫法，不過將垂淚的蠟燭換成了行遲的花驄而已。這，就是前人所謂「偷意」，其運用之妙，是較難察覺的。

上片從以「良夜何其」句提問起，寫半夜，寫黎明，寫筵會，寫分別，層次分明，愈轉愈深，已經把「送人」的情事都説完了，所以換頭就寫歸途所見所感。

下片頭三句，寫河橋上喧鬧的聲音漸漸聽不見了，但感到道路的漫長。原來轉瞬之間，一切都已成為過去，只是獨自一人空帶着滿懷的愁恨，踏上了歸途。這對於當事人來説，乃是一個沉浸在剛才激動心弦的別離場合而返到清醒的過程；對於我們來說，則讀到這裏，才知道到此所寫一切，都是追敘過去之事，而以下卻又是一番情景。承前啓後，用筆極其變幻。所以陳洵《海綃說詞》云：「換頭三句，將上闋盡化煙雲，然後轉出下句。」

「何意重經前地」以下，都是前地重遊、閒尋舊跡情景。這一句出語似覺平常，用意卻非常哀怨，大有羊曇醉後痛哭西州之意。「遺鈿」，就其小者言；「斜徑」，就其大者言。「遺鈿」為物很小，無處可尋，是容易理解的。「斜徑都迷」，則是說連當時送別的道路都已經迷糊，那就更證明了相別之久，相思之深也就不言而喻了。花鈿是女子的面飾，故周邦彥另一首〈六醜〉亦以女子遺鈿比喻薔薇凋謝，云：「釵鈿墮處遺香澤。」到了這裏，才將行者的性別點明，原來是一位姑娘，這也正是詞人弄筆的狡獪之處。

我們讀了換頭三句，方才知道，上片的分別場面，都是追寫，卻想不到再讀到「何意」以下，才又明白，下片起頭三句，也還是一種回憶。幻中有幻，變化無端，而別久思深之情，卻由於這種佈局，更為明顯。

「兔葵」兩句，略用劉禹錫《再遊玄都觀》詩序「唯兔葵燕麥，動搖於春風」之意，以表物色、人事之變遷，並以補充「斜徑都迷」之故，因為植物長高了，才看不出路來。上片言「涼露」，可見送人之時是在秋天；這裏説葵麥之影，與人同高，則已在春夏之交。有此三句，久別思深就又得到了進一步的刻劃。同樣通體都是寫景，而情也自在景中。梁啓超以此兩句與柳永〈八聲甘州〉中的「今宵酒醒何處？楊柳岸、曉風殘月」兩句相比，稱賞其為「送別詞中雙絕」，正因為在融情入景這一點上，彼此一致。

「但徘徊班草」以下，直抒無可奈何之情。此時此地，情人不見，也只有徘徊欷歔於以前鋪草飲酒之地，極望其人所去之西方，以表一往情深而已。一結淒婉，有餘不盡。

玉樓春

桃溪不作從容住，秋藕絕來無續處。當時相候赤闌橋，今日獨尋黃葉路。

煙中列岫青無數，雁背夕陽紅欲暮。人如風後入江雲，情似雨餘粘地絮。

這首詞是作者在和他的情人分別之後，重遊舊地，棖觸前情而寫下的。它用一個人所習知的仙凡戀愛故事即劉晨、阮肇遇仙女的典故起頭。據《幽明錄》載，東漢時，劉、阮二人入天台山採藥，曾因飢渴，登山食桃，就溪飲水，於溪邊遇到兩位仙女，相愛成婚。半年以後，二人思家求歸。及到出山，才知道已經過去三百多年了。這種由於輕易和情人分別而產生的追悔之情，在古典詩歌中，是常用天台故事來作比擬的。如元稹《劉阮妻》云：「芙蓉脂肉綠雲鬟，罨畫樓臺青黛山。千樹桃花萬年藥，不知何事憶人間？」就是「桃溪」一句最好的註釋。溫庭筠《達摩支曲》「拗蓮作寸絲難絕」，是「秋藕」一句所本，不過反用其意。第一句敍述委婉，是就當時的主觀感情說，這是因；第二句言辭決絕，是就今日的客觀事實說，這是果。一用輕筆，一用重筆，兩兩相似，就將無可挽回的事態和不能自已的情懷和盤托了出來。

三、四兩句，由今追昔。「當時」，應首句；「今日」，應次句。當時在赤闌橋邊，因為等候情人而更覺其風光旖旎；今日到黃葉路上，因為獨尋舊夢而愈感其景色蕭條。赤闌、黃葉，不但著色濃烈，而且「赤闌橋」正好襯托出青春的歡樂，「黃葉路」也正好表現出晚秋的淒清。這不只是為了點明景物因時令而有異，更重要的是為了象徵人心因合離而不同。在景物的色調上固然是強烈的對照，在詞人的情調上也同樣是強烈的對照。今日的黃葉路邊，也就是當時的赤闌橋畔，地同事異，物是人非。將這兩句和上兩句聯繫起來看，則「相候赤闌橋」的歡悰，正證明了「不作從容住」的錯誤；「獨尋黃葉路」的離恨，也反映了「絕來無續處」的悲哀。這就顯示出其事雖已決絕，其情仍舊纏綿。文風亦極沉鬱之致。

換頭兩句，直承「今日」句來。明明知道此事已如瓶落井，一去不回，但還是在這裏閒尋舊跡，這就清晰地勾畫出了一個我國古典文學中所謂「志誠種子」的形象。在黃葉路上徘徊之餘，舉頭四望，所見到的只是煙霧中群山成列，雁背上斜陽欲暮而已。這兩句寫得開闊遼遠，而其用意，則在於借這種境界來展示人物內心的空虛寂寞之感。如果單純地將其當作寫景佳句，以為只是謝朓《郡內高齋閒坐答呂法曹》「窗中列遠岫」，以及溫庭筠《春日野行》「鴉背夕陽多」兩句的襲用和發展，就不免「買櫝還珠」。如果更進一步加以探索，還可以發現，上句寫煙中列岫，冷碧無情，正所以暗示關山迢遞；下句寫雁背夕陽，微紅將墜，正所以暗示音信渺茫。與頭兩句聯繫起來，又向我們指陳了桃溪一別，永隔人天，秋藕絕來，更無音信這樣一個嚴酷的事實，而「獨尋黃葉路」的心情，也就更加可以理解了。列岫青多，夕陽紅滿，色彩絢麗，又與上面的「赤闌橋」、「黃葉路」互相輝映，顯示了詞人因情敷彩的本領。

結尾兩句，以兩個譬喻來比擬當前情事。過去的情人，早像被風吹入江心的雲彩，一去無蹤；而自己的心情，始終耿耿，卻如雨後粘在泥中的柳絮，無法解脫。兩句字面對得極其工整，但用意卻相銜接。這一結，詞鋒執拗，情感癡頑，為主題增加了千斤重量。陳廷焯《白雨齋詞話》說：「美成詞有似拙而實工者，如〈玉樓春〉結句……上言人不能留，下言情不能已，呆作兩譬，別饒姿態，卻不病其板，不病其纖。」這一評語是中肯的。正因其對仗工巧而意思連貫，排偶中見動盪，所以使人不感到板滯；同時，又不是單純地追求工巧，而是借以表達了非常沉摯深厚的感情，所以又使人不覺得纖弱。

這一詞調的組織形式是七言八句，上、下片各四句，原來的格局就傾向於整齊。作者在這裏，沒有像其他詞人或自己另外填這一調子時所常常採取的辦法，平均使用散句和對句，以期方便地形成整齊與變化之間的和諧，卻故意全部使用了對句，從而創造了一種與內容相適應的凝重風格。然而由於排偶之中，仍具動盪的筆墨，所以凝重之外，也兼備流麗的風姿。這是我們讀這首詞時，特別值得加以思索之處。

解連環

怨懷無託。嗟情人斷絕，信音遼邈。縱妙手、能解連環，似風散雨收，霧輕雲薄。燕子樓空，暗塵鎖、一床弦索。想移根換葉，盡是舊時，手種紅藥。　汀洲漸生杜若。料舟依岸曲，人在天角。漫記得、當日音書，把閒語閒言，待總燒卻。水驛春回，望寄我、江南梅萼。拼今生、對花對酒，為伊淚落。

此詞首句，即是主題，而此無可寄託、難於消遣之「怨懷」，則由於「情人斷絕」而引起。它寫的是一個「負心女子癡心漢」的小小悲劇，與它篇之多寫互相懷念者不同。

起句總挈全篇，以下依次細寫「怨懷無託」之故和別後情事。不但行蹤斷絕，音信也都沒有了，怎麼能夠不使人嗟嘆呢？二、三兩句，乃是對起句的補充，點明了「懷」之何以「怨」，「怨懷」之何以「無託」。因為如果人雖不見，音信猶通，則就是有託而非無託了。

「縱妙手」三句，巧妙地用了一個典故，來暗示對方之負心。戰國時，秦王將一枚玉連環送給齊君王后，說：齊國的聰明人很多，能夠將它解開嗎？君王后將它拿來和群臣商議，都認為無法解開。君王后立刻用鐵椎將連環打破，告訴秦國的使者說：已經解開了。事見《國策》。這是歷史上一個不按照常規辦事而解決了問題的著名事例，並且出自一個有決斷的女子之手。這裏用「妙手能解連環」來比譬對方主動想方設法，斷然地拒絕了自己的愛情，就顯得非常恰當。可知詞人在選擇曲調的時候，也是有其用意的。連環本不可解，猶如纏綿往復、無法分開的愛情，可是由於「妙手」，竟然「解」了。連環既解，則過去的一切，也就像風雨雲霧一掃而光，天空之中，一碧無際，更無所有了。以雲雨比喻所愛的女子，以雨散雲飛比喻和她的分離，詩人習用。如張又新《贈廣陵妓》：「雲雨分飛二十年，當時求夢不曾眠。今來頭白重相見，還上襄王玳瑁筵。」竇鞏《宮人斜》：「離宮路遠北原斜，生死恩深不到家。雲雨今歸何處去？黃鸝飛上野棠花。」皆是。所以這裏以「風散」等為比，不但形容感情之變化，也表現了蹤跡之乖隔。周邦彥還在一首〔浪淘沙慢〕

中云：「連環解，舊香頓歇。」與此同意。這三句寫的是「斷絕」之故。

「燕子」以下，直至歇拍，都是想像中其人舊居的情景。關盼盼是唐張愔的愛妓，張死後，盼盼念舊愛而不嫁，一直在彭城（今江蘇徐州）燕子樓中孤單地住着。這件事，使當時的張仲素、白居易以及後代的蘇軾都很感動，為她寫了詩詞。蘇軾〈永遇樂〉《彭城夜宿燕子樓，夢盼盼，因作此詞》云：「燕子樓空，佳人何在？空鎖樓中燕。」張仲素《燕子樓詩》云：「瑤瑟玉簫無意緒，任從蛛網任從灰。」即此所本。「燕子樓空」一句，直用蘇詞，暗含「佳人何在」之意，且點明其人亦屬己之愛妓。「暗塵」一句，是張詩改寫，而更工致。「暗塵」是為時已久，於不知不覺中蒙上的灰塵。「一床弦索」是滿架子的樂器，即「瑤瑟玉簫」之類。「一床弦索」本非「暗塵」可「鎖」之物，而詞人獨獨挑上這樣一個字將兩者聯繫起來，以形容弦索雖存，久已無人撥弄，竟好比被暗塵鎖住了一般，則人去樓空、人亡物在、室邇人遐之感就更其清楚了。張詩言「無意緒」，言「任從」，是就關盼盼的主觀情感言；本詞言「空」，言「鎖」，是就自己所見到的客觀事實言。但盼盼是念舊愛而不嫁於張愔的死後，其人卻是棄舊愛而思遷於自己的生前，正好相反，故張仲素與自己所感，也正好相異。「想移根」兩句，由樓內而想到樓前，由人之去而想到物之換。階前的紅芍藥花，是她當日親手所種，但其人離去已久，則舊時花草，也必都已更新。人既久離，物也非故，就使得感慨更深一層了。

換頭由舊時紅藥想到新生的杜若，由樓中想到汀洲，由自己目前處境想到對方情況。古人有採折芳香的花草寄贈遠人以表情意的風習，杜若也屬可贈之物，故《九歌．湘夫人》云：「搴汀洲兮杜若，將以遺兮遠者。」自己此時雖想到杜若漸生因而有採芳贈遠之意，但其人乘船而去，現在何地，不得而知，只能料想她沿途時或停泊於岸曲，時或行駛於水中，愈走愈遠罷了。

「漫記得」以下，續念舊情。想到斷絕之後，今天固然是「信音遼邈」，然在以前一段時期，還是常常有書信往來的。不但常有書信，而且還是如晏殊〈清平樂〉中所寫的「紅箋小字，說盡平生意」那種深盟密意的情節。這些情書，當時寫得如此鄭重，如此纏綿，而今天事過情遷，看起來真不過是「閒語閒言」即無關緊要的連篇廢話而已，還不如拿來一起燒掉，不留痕跡，以免睹物思人，徒增苦惱。設想至此，真覺心灰氣短，一切皆空，話也說盡了。

可是，愛情這個東西，有時真具有如李商隱《無題》中所說的「春蠶到死絲方盡，蠟炬成灰淚始乾」那樣一種頑強的力量。情場失意的詞人，寫到這裏，心思一轉，又在絕望之中，迸發出希望來。盛弘之《荊州記》載：吳陸凱曾從江南將梅花寄到長安，送給他的好友范曄，並贈詩云：「折梅逢驛使，寄與隴頭人。江南無所有，聊贈一枝春。」現在春天又回來了，她的心是不是也會像春天一樣回轉來呢？她會不會像陸凱一樣，也寄一枝梅花給我，以表情意呢？對方舟行無定，故自己欲寄杜若而勢有不能，而自己則定居未動，她只要想寄梅花，總是可以隨着水驛而寄到的。問題是她願不願寄，肯不肯寄。

前面一上來，就指出「情人斷絕，信音遼邈」，以此推知，則「望寄我、江南梅萼」者，終於不過是一廂情願而已，所以筆鋒放開之後，又重新收縮回來，由幻想仍歸現實。一方決絕，一方纏綿，則纏綿的一方，也只有一輩子雖在良辰美景之中，「對花對酒」，為懷念決絕的一方而傷心落淚而已。這種盡其在我的想法，即前人所謂癡頑，也還是「怨懷無託」之意，回應篇首，總結全詞。

這首詞的句法規定了要在許多地方用一個單字領起下文。作者都使用得極好，如「縱」、「想」、「料」、「望」、「拚」諸字，都使感情深化，文勢轉折，有助於達難達之情。

〔玉樓春〕與此詞同是寫與情人斷絕之悲，但前者是寫己之未留，後者是寫人之竟絕；同是寫一種執着癡頑之情，但前者即景抒情，緣情佈景，後者寫情為主，略點景物，故其風格前者精麗，後者樸素，也各不相同。

拜星月慢

夜色催更，清塵收露，小曲幽坊月暗。竹檻燈窗，識秋娘庭院。笑相遇，似覺、瓊枝玉樹相倚，暖日明霞光爛。水盼蘭情，總平生稀見。

畫圖中、舊識春風面。誰知道、自到瑤臺畔，眷戀雨潤雲温，苦驚風吹散。念荒寒、寄宿無人館，重門閉、敗壁秋蟲嘆。怎奈向、一縷相思，隔溪山不斷。

這首詞所詠情事，略同〈瑞龍吟〉，但並非重遊舊地，而是神馳舊遊。作為一位工於描寫女性的詞人，在這篇作品中，作者為讀者繪製了一幅稀有的動人的畫像。為了要使詞中女主人的登場獲得預期的應有的效果，詞人在藝術構思上是煞費苦心的。他首先畫出背景。在一個月色陰沉的晚上，更鼓催來了夜色，露水收盡了街塵，正是在這樣一個極其幽美的時刻，他來到了她所居住的地方；欄檻外種着竹子，窗戶裏閃着燈光，正是在這樣一個極幽雅的地方，他會見了這位人物。與杜甫《佳人》之寫「天寒翠袖薄，日暮倚修竹」用意相同，這裏的竹檻、燈窗，也是以景色的清幽來陪襯人物之淡雅的。

先寫路途，次寫居處，再寫會晤，層次分明，步步逼近。下面卻忽然用「笑相遇」三字概括提過，對於聞名乍見、傾慕歡樂之情，一概省略。這樣，就將以後全力描摹人物之美的地步留了出來。在這裏，可以悟出創作上虛實相間的手法。

「似覺」以下四句，是對美人的正面描寫，又可以分為幾層：第一、二句，乍見其光艷；第三句，細賞其神情；第四句，總贊。寫其人之美，不用已為人所習見的「雲鬢花顏」、「雪膚花貌」，而用「瓊枝玉樹」、「暖日明霞」來形容，就不熟濫，不一般化；用兩個長排句，四種東西作比，也更有份量。（吳白匋先生云：「『瓊枝』，見沈約《古別離》：『願一見顏色，不異瓊樹枝。』『玉樹』，見杜甫《飲中八仙歌》：『皎如玉樹臨風前。』」）上句說像瓊枝和玉樹互相交映，是寫其明潔耀眼；下句說像暖日和明霞的光輝燦爛，是寫其神采照人。兩句寫入室乍見之初，頓時感到光芒四射，眼花繚亂，尤其因為這次見面是在夜間，就使人物與背景之間，色彩的明暗對比更為顯著。在用這種側重光覺的比喻之先，路途中所見的暗淡月色與庭院中所見的隱約燈光的描寫，也對之起了一種很好的襯托作用。如果不仔細研究全詞的佈局，對於這種使我們容易聯想到一些優秀的電影導演的藝術處理手段的巧妙構思，是很容易被忽略過去的。兩句寫其人之美，可謂竭盡全力，而猶嫌不足，於是再加上「水盼蘭情」一句。韓琮《春愁》「水盼蘭情別來久」，是用字所本。「水盼」，指眼神明媚如流水；「蘭情」，指性情幽靜像蘭花。這句雖也是寫其人之美，但已由乍見其容光而轉到細賞其神態了。這已是進了一層。但美人之美，是看不夠、寫不完的，所以再總一句說：「總平生稀見。」這才畫完了這幅美人圖的最後一筆。

換頭一句，從抒情來說，是上片的延伸；從敍事來說，卻是更進一步追溯到「笑相遇」以前的舊事。杜甫《詠懷古跡》詠王昭君云：「畫圖省識春風面。」詞句即點化杜詩而成，意思是說：在和其人會面之前，就已經知道她的聲名，見過她的畫像了。從而也看出了，這次的會晤，乃是渴望已久之事，而終於如願以償，歡樂可想。

從這以下，才正面寫到離情。「誰知道」二句則是這一幕小小悲劇的轉折點。

「瑤臺」是美女所居。《離騷》：「望瑤臺之偃蹇兮，見有娀之佚女。」王逸註：「佚，美也。」但這裏卻兼用李白《清平調》：「雲想衣裳花想容，春風拂檻露華濃。若非群玉山頭見，會向瑤臺月下逢。」這就暗示了這位姑娘有着如李白所形容的楊玉環那樣神仙般美麗風姿，作為上片實寫其人之美的補充。雲雨習用，而「雨」以「潤」來形容，「雲」以「溫」來形容，則化臭腐為神奇，其人性情之好，愛悅之深，由此兩字，都可想見，且與上文「蘭情」關合。但這敍述兩相愛悅的幸福的句子「自到瑤臺畔，眷戀雨潤雲溫」，卻以「誰知道」領起，以「苦驚風吹散」收束，就全部翻了一個面。驚風吹散了溫潤的雲雨，正如意外的事故拆散了姻緣，通體用比喻說明，處理得極其含蓄而簡潔。讀到這裏，我們才發現，原來在這以上所寫，都是追敍。行文變化莫測，與〈夜飛鵲〉同。

「念荒寒」以下，折入現在。獨自寄宿在荒寒的空屋裏，關上重重門戶，聽着壞了的牆壁中秋蟲的叫聲，這種種淒涼情景，用一「念」字領起，就顯得更加沉重。因為無人可語，才只好自思自念。不寫人嘆，而以蟲鳴為嘆，似乎蟲亦有知，同情自己。如此落墨，意思更深。這三句極力描摹此時此地之哀，正是為了與上片所寫彼時彼地之樂作出強烈的對比。

末以縱使水遠山遙，卻仍然隔不斷一縷相思之情作結，是今昔對比以後，題中應有之義，而冠以「怎奈向」三字，就暗示了疑怪、埋怨的意思，使這種相思之情，含義更為豐富。

《宋四家詞選》評云：「全是追思，卻純用實寫。但讀前闋，幾疑是賦也。換頭再為加倍跌宕之。他人萬萬無此力量。」周濟此說，很能闡明本詞在佈局方面的特點。

過秦樓

水浴清蟾，葉喧涼吹，巷陌馬聲初斷。閒依露井，笑撲流螢，惹破畫羅輕扇。人靜夜久憑闌，愁不歸眠，立殘更箭。嘆年華一瞬，人今千里，夢沉書遠。　空見說、鬢怯瓊梳，容消金鏡，漸懶趁時勻染。梅風地溽，虹雨苔滋，一架舞紅都變。誰信無聊為伊，才減江淹，情傷荀倩。但明河影下，還看稀星數點。

這首詞也是寫別情的，詞人一上來就把自己沉浸在生動的回憶裏。那是一個初秋之夜，月兒像水洗過一般地清亮，涼風在樹葉中颯颯地喧鬧。（古代神話：嫦娥奔月，化為蟾蜍，故以清蟾為明月的代語。涼吹即涼風，吹讀去聲）其時，巷陌中行人漸少，馬的嘶聲、蹄聲也開始斷絕了。一起這三句，著墨無多，但既寫了那位回憶中人物住處的門外景色，又寫了那個值得回憶的季節和時間。

次三句由寫景逐步轉入寫情，由寫門外的自然景色轉而寫門內的人物神態。在秋涼夜靜的時候，清幽的庭院中，那位姑娘閒着沒有事幹，就在露井（沒有井亭覆蓋的井）旁邊，笑着追撲飛動着的螢火蟲，甚至於把手中的畫羅扇子都弄破了，足見其人之天真活潑，還不知道憂愁。「笑撲」二句，用杜牧《秋夕》「銀燭秋光冷畫屏，輕羅小扇撲流螢」意。

以上寫自己和情人共同歡樂地度過的美好夜晚，回憶當時的時間、地點和情事。「人靜」以下，則由過去的回憶轉入今日的相思。夜深人靜，還是無法入睡，只好靠着欄杆，看着計時器（銅壺）上的指針（更箭）不停地移動，時間不覺已經很長了。這「立殘更箭」的過程，也就是回憶與相思的過程。這三句寫的是今日的時間、地點和情事。以今昔對寫，原是作者慣用的手法，但在這首詞裏，卻表現得特別顯露，如以今日自己之「憑闌」與昔日其人之「依井」相對，以今日自己之「愁」與昔日其人之「笑」相對，以今日自己之「立殘更箭」與昔日其人之「笑撲流螢」相對，都是。

在這種兩兩相形、今非昔比的情況之下，自然不能不生出許多感慨來，這就有了寫今天感慨的「嘆年華」等三句。青春在飛逝中，情人在千里外，舊夢消沉，音書遼遠，怎麼不使人難受呢？「夢沉」承「年華一瞬」，「書遠」承「人今千里」，而總付之一嘆，故以「嘆」字領起。

總的說來，上片是以今昔對比的手法處理的。首六句寫昔時之樂，「人靜」三句寫今日之哀，「嘆年華」三句抒今昔異同之感。

下片則換了一種手法，從彼此對比來寫。

換頭三句，先將自己的相思暫時擱在一邊，而從傳聞中所聽到的對方消息寫起。這是一層曲折頓挫。寫所聽到的對方消息，又不直寫對方的相思之情，而只寫對方由於相思而引起的日常生活的變化。這又是一層曲折頓挫。「見說」，猶言聽說。聽說她茂密的頭髮逐漸稀疏，以至於連瓊玉的梳兒都怕用了；美麗的容顏日益消瘦，青銅的鏡子也可以出面證明；這樣，就漸漸地更其懶得作時新的打扮了。（「勻染」，指傅粉施朱，亦即梳妝打扮）但對於自己這方面來說，就是聽到了這些，又有甚麼辦法、甚麼用處呢？還不是白白地聽了嗎？以「空見說」三字領起「鬢怯」以下三語，其辭含蓄，其情淒婉。

接着，詞筆又從人事宕開，轉到景物。在黃梅天，地面總是濕漉漉的；一會兒下雨，一會兒出虹，青苔也就愈長愈多。這時，院落之中，一架紅花也已隨風飛舞，變色了，凋謝了。這和從前的「清蟾」、「涼吹」，「輕扇」、「流螢」，是多麼的不同啊！這三句明寫春色闌珊，暗喻歡情消歇，借物言情，是二是一，故周濟評為「意味深厚」。

在這以下，才正面寫出自己的離情。《南史．江淹傳》載淹少時夢見郭璞給了他一管五色筆，因此變得非常會寫詩文，後來又夢見郭璞將筆收回，創作水平就大為降低，時人稱為「才盡」。《世說新語．惑溺篇》載荀奉倩的妻子曹氏極美，曹氏死後，奉倩精神上所受刺激過大，不久也就去世了。詞人在這裏用了這兩個典故，意思是說：誰肯相信我的抑鬱無聊是為了她以至於像江淹那樣才思減退、荀奉倩那樣神情傷耗呢？這也正是由於對方的音信，自己尚可得之於傳聞；而自己的感情，對方卻恐怕無從知道，所以才這麼說。「誰信」，其實是怕對方不信，但也說得非常委婉含蓄。

「空見說」三句，寫對方的相思之情，卻從自己聽到一些傳聞落筆；「誰信」三句，寫自己的離別之感，卻從恐怕對方不知、不信着想，愈見彼此間阻之苦、愁恨之深。

結尾兩句，謂撫今追昔，無可奈何之餘，只有在天河——不要忽略，這就是那條年年歲歲證明着牛郎、織女永遠不變的愛情的天河——的光影之下，獨自凝望着天畔的幾點星星而已。寫景即以抒情，語盡而情不盡。

陳洵在《海綃說詞》中云：「換頭三句，承『人今千里』，『梅風』三句，承『年華一瞬』，然後以『無聊為伊』三句結情，以『明河影下』兩句結景。篇法之妙，不可思議。」對於此詞結構的分析，很是細緻、正確。

對於周邦彥《清真集》的評價，古今論者分歧較多，甚至同一個人在不同的時間裏也會作出截然相反的結論來。如王國維在其《人間詞話》中對周詞評價並不太高，而後來作《清真先生遺事》，竟將他比作詩中「集大成」的杜甫，就是一例。我們認為：這種矛盾大體上反映了周詞本身窄狹貧乏的思想內容和其精美複雜的藝術技巧之間的矛盾。若就內容而論，就難以對它肯定過多；如以技巧而言，則周詞上承柳永，下開史達祖、吳文英，在語言的運用、篇章的組織諸方面，確有獨到之處。如果要對它作出全面的評價，這兩方面都是應該顧到的。

以上這幾首詞，無論就題材或技巧來說，都是周詞中習見的。通過對於它們的分析，大致可以知道：沉溺在日常生活，特別是個人愛情生活的狹小圈子裏，不能自拔，使得這位很有才華，並在藝術上用過苦功的詞人，只能給我們留下了一些雖然精美絕倫，但卻缺乏重大社會意義的作品。在技巧上，他善於挑選和錘煉語言，在前人的遺產中找到自己合用的字句，雖然有所自來，卻並不生搬硬套；他善於安排結構，不僅首尾呼應，而且層次曲折，給人以既完整而又變化的美感。其風格雖然純屬婉約一派，但並不以纖巧妥溜見長，而是時有沉鬱頓挫、深厚質重之處，每於精麗中見渾成。這些，又都值得加以肯定和借鑑。

我們讀了北宋婉約派諸名家的一些作品，不難看出，他們的詞在題材和主題方面，描寫男女悲歡離合之情，佔有很大的比重，而這些作品中的女主人，即詞人的戀愛對象，又大多是妓女。關於詞何以多寫男女愛悅之情，我們在講柳詞時，已略作說明。這裏，試就後一點再作一點簡單的解釋。

反映在文學上的這一現象，也是歷史的產物。在《家庭、私有制及國家的起源》中，恩格斯曾經為我們指出過在古代（對於我們所涉及的具體歷史範疇來說，則是中國封建社會時代）的婚姻和戀愛這些人類社會生活中的一些主要特徵。首先，他指出，對於統治階級來說，「結婚是一種政治的行為」，「起決定作用的是家世的利益，而絕不是個人的意願」；因而「在整個古代，婚姻的締結都是由父母包辦，當事人則安心順從」。這在我國舊社會中，流行的說法和做法如所謂「門當戶對」，「龍配龍，鳳配鳳」，「父母之命，媒妁之言」，等等，正是如此。其次，他還指出，由於上述情況，「古代所僅有的那一點夫婦之愛，並不是主觀的愛好，而是客觀的義務；不是婚姻的基礎，而是婚姻的附加物」。這在我國封建社會的倫理觀念中，對於夫妻關係，重敬而不重愛，可以得到證明。梁鴻和孟光，相敬如賓，歷來都被認為是一對模範夫妻，而張敞給妻子畫過眉毛，就被人從漢代一直笑罵到清代。班昭《女誡．敬順篇》說：「夫婦之好，終身不離。房室周旋，遂生媟黷。媟黷既生，語言過矣。語言既過，縱恣必作。縱恣既作，則侮夫之心生矣。」這就說得很清楚，防止產生和加深情愛，是為了維護和加強夫權。在這種制度和觀念的控制之下，「妻子和普通的娼妓不同之處，只在於她不是像僱傭女工計件出賣勞動那樣出租自己的肉體，而是一次永遠出賣為奴隸」。這樣，作為婚姻的義務和附加物的夫妻之間的愛情，自然就更難於得到培植和滋生的機會了。再次，在進入文明社會以後產生的一夫一妻制，在男性中心社會中，事實上只是限制了妻子，而決沒有限制丈夫。所以對於男性方面來說，群婚制依然存在。「凡在婦女方面被認為是犯罪並且要引起嚴重的法律後果和社會後果的一切，對於男子卻被認為是一種光榮，至多也不過被當做可以欣然接受的道德上的小污點。」在我國封建社會中，由皇帝的三宮六院到士人的一妻一妾的制度固然有法律明文規定，官妓、家妓以及其他形式的這種行業也都是公開的。一方面，婚姻不是愛情的產物，反之，愛情卻是婚姻的附加物；另一方面，男性又有在自己的妻子以外公然地和廣泛地接觸另外一些女子的權利和機會，這樣，就必然使得男女之間，由於「體態的美麗、親密的交往、融洽的旨趣等等」所構成的互相愛悅的條件，在非婚姻關係中更容易得到滿足。所以，最後，恩格斯又指出：「現代意義上的愛情關係，在古代只是在官方社會以外才有……而在奴隸的愛情關係以外，我們所遇到的愛情關係只是滅亡中的古代世界的崩潰的產物，而且是與同樣也處在官方社會以外的婦女——藝妓，即異地婦女或被釋放的女奴隸發生的關係。」當然，我國與歐洲的具體歷史情況有所不同，但他所說的現代觀念的愛情關係，並不存在於由於正式婚姻而結合的夫妻之間，卻反而往往存在於男性與之並無婚姻關係的妓女之間，則與我國封建社會的實際的（以及通過文學所反映的）情況相符合。

恩格斯上述的精闢的分析，對於我們理解古典文學中有關寫與妓女的愛情的作品是極端重要的。因為它不但告訴了我們，作家們所寫與妓女戀愛的作品有其歷史背景與客觀原因，而且告訴了我們，在這些作品中，所寫的悲歡離合之情往往並不是虛偽的而是真摯的（當然，作品本身也證明了這一點），因為他們之間的結合是自願的，是以恩格斯所說的「體態的美麗、親密的交往、融洽的旨趣等」互相吸引為前提的。他對她們可以進行選擇，而她對他們也是一樣。（雖然她們的選擇性可能小一些，有時縱然被迫不能選擇，還可以「不將心嫁冶遊郎」，而不至於受到像一個正式的妻子因此而受到的那種制裁、譴責和鄙視）所以，歸根到底，這些作品以及這些作品中所表現出來的思想感情，乃是在封建制度之下，人們對於愛情的正當要求的不正當表現。

恩格斯在說到這種現象時，還曾經預言：「隨着生產資料轉歸社會所有，僱傭勞動、無產階級、從而一定數量的——用統計方法可以計算出來的——婦女為金錢而獻身的必要性，也要消失了。賣淫將要消失，而一夫一妻制不僅不會終止其存在，而且最後對於男子也將成為現實。」在現代的我國，恩格斯的預言已經部份實現。在中國共產黨領導之下，婦女已經翻身，賣淫已經消滅，一夫一妻制已對雙方都成為現實。我們在讀這樣一些作品時，就不僅體會到它們具有借鑑和認識上的作用，並且同時還在今昔對比之下，充滿了一種作為新中國人民的自豪感了。

李清照（五首）

鳳凰臺上憶吹簫

香冷金猊，被翻紅浪，起來慵自梳頭。任寶奩塵滿，日上簾鈎。生怕離懷別苦，多少事、欲說還休。新來瘦，非干病酒，不是悲秋。　休休！這回去也，千萬遍《陽關》，也則難留。念武陵人遠，煙鎖秦樓。唯有樓前流水，應念我、終日凝眸。凝眸處，從今又添，一段新愁。

這首詞是作者早期和她丈夫趙明誠分別時寫的。從《〈金石錄〉後序》中，我們大體上可以知道他們夫婦之間感情極好，趣味相同，所以即使是一次短暫的分別，詞人在心靈上所承受的負擔也是很沉重的。全篇從別前設想到別後，充滿了「離懷別苦」，而出之以曲折含蓄的口吻，表達了女性特有的深婉細膩的感情。

上片一起兩個對句是寫她起來以後的情景。銅製的獅形熏爐冷了，紅色的錦緞被子掀了，上言時之已晚，下言人之竟起。證以作者在另一首詞〈念奴嬌〉中的「被冷香消新夢覺，不許愁人不起」，可見躺着既難成睡，起來也覺無聊。第三句接寫雖然已經起床，可是甚麼也不想做，甚至於連頭都不想梳了。《詩經．伯兮》：「自伯之東，首如飛蓬。豈無膏沐？誰適為容？」是寫丈夫出征之後，妻子在家懶得梳妝打扮。這裏卻是寫丈夫準備走，還沒有走，她就已經懶得梳頭，就比前文深入一層。古代婦女是很講究梳頭的，從詩歌中描寫美人每多涉及頭髮，可以證明。所以起來就要梳頭，梳頭則要費掉許多心思和時間，就當時的具體社會情況來說，是正常的。連頭都不想梳，那麼，其心緒不佳，就可想而知了。由於不梳頭，所以鏡奩也就讓它蓋滿灰塵，不想拂拭。這時，太陽也就漸漸升高，一直可以照射到比人還高的簾鈎上了。這裏說了五件事：爐冷卻；被掀開；頭不梳；奩未拂；日已高——都是寫人之「慵」。

「生怕」兩句，進而寫自己的內心活動。本來有許許多多的心事，要想說給愛人，但是怕引起彼此離別的痛苦，話到口邊，又忍住了。這種自我克制，是包含有許多曲折、許多苦惱在內的。它還暗示了，這種「離懷別苦」，也並非自今日始，而是已經經歷了一個時期，所以接以下面的「新來瘦」三句。近來，人為甚麼變瘦了呢？

詞中避免了作正面的回答，而只是說，既不是因為如歐陽修在〈蝶戀花〉中所說的「日日花前常病酒，不辭鏡裏朱顏瘦」，也不是如她自己在〈醉花陰〉中所說的「莫道不消魂，簾捲西風，人比黃花瘦」。當然，中酒而病，逢秋而悲，究其終極，也無非是個藉口，主要的還是由於人的心情不好，才瘦了下來。但若連這點可以藉口的緣由都排斥了，那麼，其變瘦之故就更可想而知了。這裏一面用「非乾」、「不是」來作反襯，另一面仍然不說出真實的原因，就使上面的「欲說還休」一句含意更為豐滿。這種吞吐往復，文勢既有波瀾，感情也更深摯。所以陳廷焯在《雲韶集》中評為「婉轉曲折，煞是妙絕」。趙、李夫婦的美滿姻緣，在愛情只是婚姻的義務和附加物的封建社會中，是不多見的，而作者又是一個才華妍妙、性格活潑的人。她這裏所反映的感情，以及所使用的反映其感情的藝術手段，也正體現了她的性格與社會習俗之間的矛盾。

換頭用疊字起，以加重語氣。休，即罷休，猶口語算了。《陽關三疊》是傷離之曲，取王維《送元二使安西》「勸君更盡一杯酒，西出陽關無故人」之意譜成。縱使歌唱千萬遍《陽關》，也無法挽回行者，那也就只好算了。分別既成定局，不可變更，因此以下就轉而從別前想到別後。「武陵」，在宋詞、元曲中有兩個含義：

一是指陶淵明《桃花源記》中的漁父故事；一是指劉義慶《幽明錄》中的劉、阮故事。如黃庭堅〈水調歌頭〉「瑤草一何碧，春入武陵溪。溪上桃花無數，花上有黃鸝」，即用陶《記》之典。而韓琦〈點絳唇〉「武陵凝睇，人遠波空翠」及韓元吉〈六州歌頭〉「前度劉郎，幾許風流地，花也應悲。但茫茫暮靄，目斷武陵溪，往事難追」，則用劉《錄》之典。（「武陵」本應專指前典，但何以與後典混同起來，將天台也稱武陵，則除了兩典中都有桃花之外，還找不出其他的理由。但自從宋人這樣用了以後，元人戲曲中就都沿襲了。王季思先生《〈西廂記〉校註》曾引葉德均說，舉《北詞廣正譜》中所載〈醉扶歸〉「有緣千里能相會，劉晨曾誤入武陵溪」及《誤入桃源》中〈殿前歡〉「這時節武陵溪怎暗約，桃花片空零落，胡麻飯絕音耗」，以證元曲中武陵係指劉、阮入天台事，甚確，惜未注意到宋詞已如此用）這裏也是以劉、阮之離天台（武陵）比擬趙明誠之離家的。「秦樓」即鳳臺，是仙人蕭史與秦穆公的女兒弄玉飛升以前所住的地方（見《列仙傳》），這裏用以指詞人自己的住所，不但暗示他們的婚姻美滿，有如仙侶，而且還暗含相傳為李白所作的〈憶秦娥〉詞中「簫聲咽，秦娥夢斷秦樓月。秦樓月，年年柳色，霸陵傷別」之意。所以「武陵人遠，煙鎖秦樓」八字，簡單說來，就是人去樓空。但不抽象地說人去樓空，而用兩個著名的仙凡戀愛的故事形象地加以表達，意思就更豐富、深刻。我們知道，作者用典故，是為了使讀者懂得更多、更深、更透，而不是相反。如果產生了相反的效果，那或者是由於作者不善於用典，或者由於讀者不熟習，或不善於體會所用之典，而不是不該使用這種手段。「武陵」兩句，是用一「念」字領起的，此字一直貫到結尾，都是寫想像中人去樓空之情景。

終日相伴的人走遠了，自己則被隔絕在這座愁煙恨霧的妝樓裏，有誰知道我終日在凝視着遠方呢？恐怕只有樓前的流水了。柳永〈八聲甘州〉「想佳人、妝樓凝望，誤幾回、天際識歸舟」，與此同意，而柳詞是寫人在「想」，此詞則是寫水在「念」。前者推己及人，後者推人及物，措意更其巧妙深永。由上文人之「念」推而及於下文水之「念」，又更進一層。

結句寫「終日凝眸」之必然後果。「從今又添，一段新愁」者，自從聽了他要走的消息，就產生了新愁，這是一段；他一走，「清風朗月，陡化為楚雨巫雲；阿閣洞房，立變為離亭別墅」（《〈草堂詩餘〉正集》載沈際飛評語），這又是一段也。

念奴嬌

蕭條庭院，又斜風細雨，重門須閉。寵柳嬌花寒食近，種種惱人天氣。險韻詩成，扶頭酒醒，別是閒滋味。征鴻過盡，萬千心事難寄。

樓上幾日春寒，簾垂四面，玉闌干慵倚。被冷香消新夢覺，不許愁人不起。清露晨流，新桐初引，多少遊春意。日高煙斂，更看今日晴未？

這首詞也是寫別情，與上首同一主題，但它只對這點略為涉及，旋即放過，而着重於描寫春天景物以及在這種景物中的心情，將傷別、傷春之感從側面流露出來，與上首正面極寫「離懷別苦」者，手法全異。

它一上來寫庭院之中春寒猶重，離萬紫千紅、芳菲滿眼的時候，還隔着一段時間，故以蕭條形容之。庭院本已蕭條，何況又加上斜風細雨，得把重重門戶都關上呢？「蕭條庭院」，本已無足觀賞；風雨閉門，更是不能觀賞：這就顯示了環境和氣氛。用一「又」字，則可見斜風細雨，近來常有，感到煩悶，絕非偶然。

細數季節，已近寒食，也就是到了「寵柳嬌花」的時候。被愛曰「寵」，可愛曰「嬌」，本來是形容人的字眼，這裏卻將它們用在柳、花之上，這就密切了它們與人的關係，加重了對它們的珍視。前人評「寵柳嬌花」之語為「奇俊」（黃昇《花庵詞選》），為「新麗」（王世貞《藝苑卮言》），是不錯的。由於春寒，花未放，柳未舒，應當來臨的濃春美景，卻被一片蕭條、幾番風雨代替了。因春寒而猶覺蕭條，是一種；因風雨而倍感沉悶，是一種；風雨且非一次，是一種。所以說「種種惱人天氣」。這種天氣，又並不是在秋冬之際，而是在本來應當是滿目芳菲的春天，就更為可惱了。

因為煩惱，所以須要排遣。賦詩飲酒，是人們常用來排遣的方法。我們的詞人也是這麼嘗試了的。她不但作詩，還作了很難作的險韻詩（以生僻的或不適合於作韻腳的字協韻的詩）；不但喝酒，還喝了很易醉的扶頭酒（一種烈性酒）。可是，險韻詩作成了，扶頭酒也醒了，仍然覺得空蕩蕩的。覺得天氣不好，覺得排遣無方，閒得無聊，歸根到底，還是由於自己有一件沒有說出來的心事。李後主〈相見歡〉云：「剪不斷，理還亂，是離愁，別是一般滋味在心頭。」這裏所說的「別是閒滋味」，說破了，就是這個意思。

經過以上一番鋪敍騰挪，然後才把別情正面提出，然而才一提到，便又放過。要說的是心事，要寄的在遠方，歸雁雖能寄書，而且不斷飛過，但心事萬千，何能盡寄，所以終於也只能「多少事、欲說還休」了。

上片所寫，都是近來情事。過片則從近來轉到當天。古代建築，有的樓房，室在中間，四面有廊，廊外有闌，簾即掛於室外廊上闌邊。連日春寒，四面的簾子都放下了。由於心事重重，懶得倚闌眺遠（即柳永〈八聲甘州〉「不忍登高臨遠」之意），以致當天天氣已有轉好的徵兆的時候，簾子也都還沒有捲起來。這三句寫春寒，也寫人懶。

「被冷」兩句，依照事情發生的順序，應在「玉闌干慵倚」之前。由於被也冷了，香也消了，夢也醒了，只好起來。「不許」兩字，說明老是躺着，既很無聊，再不起來，也無辦法。雖然被迫起了床，可是甚麼也不想做，當然也不想倚闌，所以四面的簾子，就仍然讓它垂着了。「慵倚」承「簾垂」，「被冷」承「春寒」，「慵」承「愁」。以上皆當日一時情事。

以下，另作一意，筆勢也忽然宕開。「清露晨流，新桐初引」，語出《世說新語．賞譽篇》，這裏用以描摹庭院中風雨已過、天色漸開的景物。一面不想倚闌，一面又想遊春，形容心情矛盾。一會兒，太陽也高了，霧氣也散了，分明已經轉晴，卻還要「更看今日晴未」，正是極寫其久雨幽居的苦悶。她在天氣轉晴以後是出門遊春呢？還是仍舊閉門枯坐，連闌干都不倚呢？讓讀者來回答這個問題吧。

《蓼園詞選》云：「只寫心緒落寞，近寒食更難遣耳，陡然而起，便爾深邃；至前段云『重門須閉』，後段云『不許（愁人不）起』，一開一合，情各戛戛生新。起處雨，結句晴，局法渾成。」所論本詞結構很是，可正《〈詞綜〉偶評》以為它是「有句無章」之誤。

古代詩歌中所寫女性的相思之情，多由男性代為執筆，雖然有許多也能體貼入微，但總不如她們自己寫得那麼真摯深刻，親切動人。從這兩首在藝術手段上很不相同的作品中，我們不難看到這位傑出的女作家在這一方面的成就。

聲聲慢

尋尋覓覓，冷冷清清，淒淒慘慘戚戚。乍暖還寒時候，最難將息。三杯兩盞淡酒，怎敵他、晚來風急？雁過也，正傷心，卻是舊時相識。滿地黃花堆積，憔悴損，如今有誰堪摘？守着窗兒，獨自怎生得黑？梧桐更兼細雨，到黃昏、點點滴滴。這次第，怎一個愁字了得？

宋欽宗靖康二年（公元一一二七年），女真族建立的金國攻陷北宋首都汴京，漢族政權南遷。這一重大的政治事件在非常廣闊的範圍內影響了當時各階層人民的生活，對於文學，同樣產生了非常深刻的影響。李清照詞，也以這一重大政治事件為界限，在其前後明顯地有所不同。雖然她對於詞的創作，具有傳統的看法，因而把她所要反映的嚴肅重大的題材和主題只寫在詩文裏，但她和當時多數人所共同感到的國破家亡之恨、離鄉背井之哀，以及她個人所獨自感到的既死丈夫、又無兒女、晚年塊然獨處、辛苦艱難的悲痛，卻仍然使得她的詞的境界比前擴大，情感比前深沉，成就遠遠超出了一般女作家的和她自己早期的以寫「閨情」為主要內容的作品。

這首詞是她南渡以後的名篇之一。從詞意看，當作於趙明誠死後。通篇都寫自己的愁懷。她早年的作品也寫愁，但那只是生離之愁、暫時之愁、個人之愁，而這裏所寫的則是死別之愁、永恆之愁、個人遭遇與家國興亡交織在一處之愁，所以使人讀後，感受更為深切。

起頭三句，用七組疊字構成，是詞人在藝術上大膽新奇的創造，為歷來的批評家所激賞。如張端義《貴耳集》云：「此乃公孫大娘舞劍手。本朝非無能詞之士，未曾有一下十四疊字者……後疊又云『梧桐更兼細雨，到黃昏點點滴滴』，又使疊字，俱無斧鑿痕。」張氏指出其好處在於「無斧鑿痕」，即很自然，不牽強，當然是對的。元人喬吉〔天淨沙〕云：「鶯鶯燕燕春春，花花柳柳真真。事事風風韻韻，嬌嬌嫩嫩，停停當當人人。」通篇都用疊字組成。陸以湉《冷廬雜識》就曾指出：「不若李之自然妥帖。」《白雨齋詞話》更斥為「醜態百出」。嚴格地說，喬吉此曲，不過是文字遊戲而已。

但說此三句「自然妥帖」，「無斧鑿痕」，也還是屬於技巧的問題。任何文藝技巧，如果不能夠為其所要表達的內容服務，即使不能說全無意義，其意義也終歸是有限的。所以，它們的好處實質上還在於其有層次、有深淺，能夠恰如其分地、成功地表達詞人所要表達的難達之情。

「尋尋覓覓」四字，劈空而來，似乎難以理解，細加玩索，才知道它們是用來反映心中如有所失的精神狀態。環境孤寂，心情空虛，無可排遣，無可寄託，就像有甚麼東西丟掉了一樣。這東西，可能是流亡以前的生活，可能是丈夫在世的愛情，還可能是心愛的文物或者甚麼別的。它們似乎是遺失了，又似乎本來就沒有。這種心情，有點近似姜夔〈鷓鴣天〉所謂「人間別久不成悲」。這，就不能不使人產生一種「尋尋覓覓」的心思來。只這一句，就把她由於敵人的侵略、政權的崩潰、流離的經歷、索漠的生涯而不得不擔承的、感受的、經過長期消磨而仍然留在心底的悲哀，充份地顯示出來了。心中如有所失，要想抓住一點甚麼，結果卻甚麼也得不到，所得到的，仍然只是空虛，這才如夢初醒，感到「冷冷清清」。四字既明指環境，也暗指心情，或者說，由環境而感染到心情，由外而內。接着「淒淒慘慘戚戚」，則純屬內心感覺的描繪。「淒淒」一疊，是外之環境與內之心靈相連接的關鍵，承上啓下。在語言習慣上，淒可與冷、清相結合，也可以與慘、戚相結合，從而構成淒冷、淒清、淒慘、淒戚諸詞，所以用「淒淒」作為由「冷冷清清」之環境描寫過渡到「慘慘戚戚」之心靈描寫的媒介，就十分恰當。由此可見，這三句十四字，實分三層，由淺入深，文情並茂。

「乍暖」兩句，本應說由於環境不佳，心情很壞，身體也就覺得難以適應。然而這裏不說境之冷清，心之慘戚，而獨歸之於天氣之「乍暖還寒」。「三杯」兩句，本應說借酒澆愁，而愁仍難遣。然而這裏也不說明此意，而但言淡酒不足以敵急風。在用意上是含蓄，在行文上是騰挪，而其實仍是上文十四疊字的延伸，所謂情在詞外。

「雁過也」三句，將上文含情未說之事，略加點明。正是在這個時候，一群征雁，掠過高空。在急風、淡酒、愁緒難消的情景中，它們的驀然闖入，便打破了當前的孤零死寂，使人不無空谷足音之感，但這感，卻不是喜，而是「傷心」。因為雁到秋天，由北而南，作者也是北人，避難南下，似乎是「舊時相識」，因而有「同是天涯淪落人」之感了。《漱玉詞》寫雁的有多處，以此與她早年所寫〔一剪梅〕中的「雲中誰寄錦書來？雁字回時，月滿西樓」以及南渡前所寫〔念奴嬌〕中的「征鴻過盡，萬千心事難寄」對照，可以看出，這兩首雖也充滿離愁，但那離愁中卻是含有甜蜜的回憶和相逢的希望的，而本詞則表現了一種絕望，一種極度的傷心。

過片直承上來，仰望則見遼天過雁，俯視則滿地殘花。菊花雖然曾經開得極其茂盛，甚至在枝頭堆積起來，然而現在又卻已經憔悴了。在往年，一定是要在它盛開的時候，摘來戴在頭上的，而現在，又誰有這種興會呢？

急風欺人，淡酒無用，雁逢舊識，菊惹新愁，所感所聞所見，無往而非使人傷心之事，坐在窗戶前面，簡直覺得時間這個東西，實在堅固，難以磨損它了。彭孫遹《金粟詞話》云：「李易安『被冷香消新夢覺，不許愁人不起』，『守着窗兒，獨自怎生得黑』，皆用淺俗之語，發清新之思，詞意並工，閨情絕調。」所論極是。這個「黑」字，是個險韻，極其難押，而這裏卻押得既穩妥，又自然。在整個宋詞中，恐怕只有辛棄疾〈賀新郎〉中的「馬上琵琶關塞黑」一句，可以與之比美。

「梧桐」兩句是說，即使挨到黃昏，秋雨梧桐，也只有更添愁思，暗用白居易《長恨歌》「秋雨梧桐葉落時」意。「細雨」的「點點滴滴」，正是只有在極其寂靜的環境中「守着窗兒」才能聽到的一種微弱而又淒涼的聲音；而對於一個傷心的人來說，則它們不但滴向耳裏，而且滴向心頭。整個黃昏，就是這麼點點滴滴，甚麼時候才得完結呢？還要多久才能滴到天黑呢？天黑以後，不還是這麼滴下去嗎？這就逼出結句來：這許多情況，難道是「一個愁字」能夠包括得了的？（「這次第」猶言這種情況，或這般光景，宋人口語）文外有多少難言之隱。

此詞之作，是由於心中有無限痛楚抑鬱之情，從內心噴薄而出，雖有奇思妙語，而並非刻意求工，故反而自然深切動人。陳廷焯《雲韶集》說它「後幅一片神行，愈唱愈妙」。正因為並非刻意求工，「一片神行」才是可能的。

武陵春

風住塵香花已盡，日晚倦梳頭。物是人非事事休，欲語淚先流。

聞説雙溪春尚好，也擬泛輕舟。只恐雙溪舴艋舟，載不動許多愁。

這首詞是宋高宗紹興五年（公元一一三五年）作者避難浙江金華時所作。當年她是五十三歲。那時，她已處於國破家亡之中，親愛的丈夫死了，珍藏的文物大半散失了，自己也流離異鄉，無依無靠，所以詞情極其悲苦。

首句寫當前所見，本是風狂花盡，一片淒清，但卻避免了從正面描寫風之狂暴、花之狼藉，而只用「風住塵香」四字來表明這一場小小災難的後果，則狂風摧花，落紅滿地，均在其中，出筆極為蘊藉。而且在風沒有停息之時，花片紛飛，落紅如雨，雖極不堪，尚有殘花可見；風住之後，花已沾泥，人踐馬踏，化為塵土，所餘痕跡，但有塵香，則春光竟一掃而空，更無所有，就更為不堪了。所以，「風住塵香」四字，不但含蓄，而且由於含蓄，反而擴大了容量，使人從中體會到更為豐富的感情。次句寫由於所見如彼，故所為如此。日色已高，頭猶未梳，雖與〔鳳凰臺上憶吹簫〉中「起來慵自梳頭」語意全同，但那是生離之愁，這是死別之恨，深淺自別。

三、四兩句，由含蓄而轉為縱筆直寫，點明一切悲苦，由來都是「物是人非」。而這種「物是人非」，又絕不是偶然的、個別的、輕微的變化，而是一種極為廣泛的、劇烈的、帶有根本性的、重大的變化，無窮的事情、無盡的痛苦，都在其中，故以「事事休」概括。這，真是「一部十七史，從何說起」？所以正想要說，眼淚已經直流了。

前兩句，含蓄；後兩句，真率。含蓄，是由於此情無處可訴；真率，則由於雖明知無處可訴，而仍然不得不訴。故似若相反，而實則相成。

上片既極言眼前景色之不堪、心情之淒楚，所以下片便宕開，從遠處談起。這位女詞人是最喜愛遊山玩水的。據周輝《清波雜誌》所載，她在南京的時候，「每值天大雪，即頂笠、披蓑，循城遠覽以尋詩」。冬天都如此，春天就可想而知了。她既然有遊覽的愛好，又有須要借遊覽以排遣的淒楚心情，而雙溪則是金華的風景區，因此自然而然有泛舟雙溪的想法，這也就是上一首所說的「多少遊春意」。但事實上，她的痛苦是太大了，哀愁是太深了，豈是泛舟一遊所能消釋？所以在未遊之前，就又已經預料到愁重舟輕，不能承載了。設想既極新穎，而又真切。下片共四句，前兩句開，一轉；後兩句合，又一轉；而以「聞說」、「也擬」、「只恐」

六個虛字轉折傳神。雙溪春好，只不過是「聞説」；泛舟出遊，也只不過是「也擬」，下面又忽出「只恐」，抹殺了上面的「也擬」。聽説了，也動念了，結果呢，還是一個人坐在家裏發愁罷了。

王士禛《花草蒙拾》云：「『載不動許多愁』與『載取暮愁歸去』、『只載一船離恨向兩州』，正可互觀。『雙槳別離船，駕起一天煩惱』，不免徑露矣。」這一評論告訴我們，文思新穎，也要有個限度。正確的東西，跨越一步，就變成錯誤的了；美的東西，跨越一步，就變成醜的了。像「雙槳」兩句，又是「別離船」，又是「一天煩惱」，唯恐説得不清楚，矯揉造作，很不自然，因此反而難於被人接受。所以《文心雕龍．定勢篇》説：「密會者以意新得巧，苟異者以失體成怪。」「巧」之與「怪」，相差也不過是一步而已。

李後主〈虞美人〉云：「問君能有幾多愁？恰似一江春水向東流。」只是以水之多比愁之多而已。秦觀〈江城子〉云：「便做春江都是淚，流不盡、許多愁。」則愁已經物質化，變為可以放在江中，隨水流盡的東西了。李清照等又進一步把它搬上了船，於是愁竟有了重量，不但可隨水而流，並且可以用船來載。董解元《西廂記諸宮調》〈仙呂．點絳唇纏令．尾〉云：「休問離愁輕重，向個馬兒上駝〔馱〕

也駝〔馱〕不動。」則把愁從船上卸下，馱在馬背上。王實甫《西廂記》雜劇〔正宮·端正好·收尾〕云：「遍人間煩惱填胸臆，量這些大小車兒如何載得起。」又把愁從馬背上卸下，裝在車子上。從這些小例子也可以看出文藝必須有所繼承，同時必須有所發展的基本道理來。

這首詞的整個佈局也有值得注意之處。歐陽修〔採桑子〕云：「群芳過後西湖好，狼藉殘紅，飛絮蒙蒙，垂柳欄杆盡日風。 笙歌散盡遊人去，始覺春空，垂下簾櫳，雙燕歸來細雨中。」周邦彥〔望江南〕云：「遊妓散，獨自繞回堤。芳草懷煙迷水曲，密雲銜雨暗城西，九陌未沾泥。 桃李下，春晚未成蹊。牆外見花尋路轉，柳陰行馬過鶯啼，無處不淒淒。」作法相同，可以類比。譚獻《復堂詞話》批歐詞首句說：「掃處即生。」這就是這三首詞在佈局上的共有特點。掃即掃除之掃，生即發生之生。從這三首的第一句看，都是在說以前一階段情景的結束，歐、李兩詞是說春光已盡，周詞是說佳人已散。在未盡、未散之時，芳菲滿眼，花艷驚目，當然有許多動人的情景可寫，可是在已盡、已散之後，還有甚麼可寫的呢？這樣開頭，豈不是把可以寫的東西都掃除了嗎？及至讀下去，才知道下面又發生了另外一番情景。歐詞則寫暮春時節的閒淡愁懷，周詞則寫獨步回堤直至歸去的淒涼意緒，李詞則寫由風住塵香而觸發的物是人非的深沉痛苦。而這些，才是作家所要表現的，也是最動人的部份，所以叫做「掃處即生」。這好比我們去看一個多幕劇，到得晚了一點，走進劇場時，一幕很熱鬧的戲剛剛看了一點，就拉幕了，卻不知道下面一幕內容如何，等到再看下去，才發現原來自己還是趕上了全劇中最精彩的高潮部份。任何作品所能反映的社會人生都只能是某些側面。抒情詩因為受着篇幅的限制，尤其如此。這種寫法，能夠把省略了的部份當作背景，以反襯正文，從而出人意料地加強了正文的感染力量，所以是可取的。

永遇樂

落日熔金，暮雲合璧，人在何處？染柳煙濃，吹梅笛怨，春意知幾許！元宵佳節，融和天氣，次第豈無風雨？來相召、香車寶馬，謝他酒朋詩侶。　中州盛日，閨門多暇，記得偏重三五。鋪翠冠兒，拈金雪柳，簇帶爭濟楚。如今憔悴，風鬟霧鬢，怕見夜間出去。不如向、簾兒底下，聽人笑語。

這首詞是作者晚年流寓臨安（今浙江杭州）時某一年元宵節所寫。上片寫今，寫當前的景物和心情；下片從今昔對比中見出盛衰之感。

它以兩個四字對句起頭。所寫是傍晚時分的「落日」、「暮雲」，本很尋常，但以「熔金」、「合璧」來刻劃它們，就顯出日光之紅火、雲彩之鮮潔，並且暗示出入夜以後天色必然晴朗，正好歡度佳節的意思。

「人在何處？」突以問語承接。此「人」字，註家或以為是指她死去的丈夫，即王維《九月九日憶山東兄弟》中「每逢佳節倍思親」之意。但從全篇佈局乃是今之臨安與昔之汴京對比來看，則「人」字似應指自己，「何處」則指臨安。分明身在臨安，卻反而明知故問「人在何處」，就更加反映出她流落他鄉、孤獨寂寞的境遇和心情來，而下文接寫懶於出遊，就使人讀之怡然理順了。如果在上文、下文都是景語的情況下，中間忽然插一句問話：「我那心愛的人現在在甚麼地方呢？」問過以後，就擱置一邊，再也不提，這，不但於情理上說不過去，就是在文理上也說不過去。

「染柳」兩句，仍是寫景，但起兩句是寫傍晚之景，是屬於一天之中的某段時間；這兩句是寫初春之景，是屬於一年之中的某個季節，所以並不犯重。元宵節是正月十五日，正在初春，有時春來得遲，天還很冷，但今年不但晴朗，而且暖和，大有春意，這就更為可喜。初春柳葉剛剛出芽，略呈淡黃色，但由於煙霧的渲染，柳色似也很深，故曰「染柳煙濃」。梅花開得最早，這時開始凋謝，而笛譜有〈梅花落〉曲，故李白《聽黃鶴樓上吹笛》云：「一為遷客去長沙，西望長安不見家。黃鶴樓中吹玉笛，江城五月落梅花。」作者流徙異鄉，懷念舊京，見梅之凋落，而思及李詩，故曰「吹梅笛怨」。接以「春意知幾許」，則是對春之早、景之妍的讚嘆之詞。

這樣一來，她是不是又有「多少遊春意」呢？然而，也許年齡更老、憂患更深了吧，她這回卻產生了另外一種想法：儘管今天的天氣如此之好，難道轉眼之間，就不會颳風下雨嗎？（「次第」在這裏是轉眼的意思，與前面「這次第」的意思有別）這就顯示了她歷盡滄桑之後，對於一切都感到變幻難測，因而顧慮重重的心理狀態。既然如此存心，對於一些貴婦人來邀請她出去遊賞和賦詩飲酒，當然就只能婉言謝絕了。〔李清照晚年社會地位、經濟情況都一落千丈，但仍然和一些上層人士有交往，紹興十三年（公元一一四三年），她還曾代親戚中的一位貴婦人撰《端午帖子詞》進獻朝廷，可證。〕

下片分兩層：前六句憶昔；後五句傷今。「中州」以下，從眼前的景物和心情，想到汴京淪陷以前的繁華世界。那時節，不但社會顯得繁榮，自己也很閒空，對每年的元宵是十分重視的。（《古詩十九首》之十七：「三五明月滿，四五蟾兔缺。」三五，指十五日；四五，指二十日）由於「多暇」，所以頭上戴着翡翠冠子，還插上應景的首飾，插戴得十分漂亮，才出門遊賞。（「鋪」，嵌鑲。「翠」，指翡翠鳥的羽毛。「冠兒」，即冠子，一種女式帽。「拈金雪柳」，據《武林舊事》記述「元夕節物：婦女皆戴珠翠鬧蛾，玉梅雪柳」，只知是一種婦女頭飾，形制不詳。「簇帶」，插戴或裝飾。「濟楚」，漂亮）。可是，現在呢，完全不同了。所以「如今」以下，又轉回眼前。人，憔悴了，蓬頭散髮的，誰還願意「夜間出去」呢，還「不如向、簾兒底下，聽人笑語」算了。這一結，不但有今昔盛衰之感，還有人我苦樂之別，所以更覺淒黯。

李清照晚年的詞，非常具體地、生動地反映了她精神生活方面的變化，而對於她物質生活的變化，則涉及很少。這首詞卻給我們透露了一些。首先是她說「中州盛日，閨門多暇」，這就反證了南渡暮年，閨門少暇。歸來堂中的賭書潑茶，建康城上的戴笠尋詩，恐怕早已被瑣屑的家務勞動代替了。由於貧困，不得不親自操作，就忙了起來，這是可推而知之的。其次是她說「向簾兒底下，聽人笑語」，這絕不是住在深宅大院、有重重門戶的大戶人家所可能，也絕不是上層婦女的行為。只有一般市民，居宅淺狹，開門見街，婦女才有垂下簾子看街上動靜和聽行人說話的習慣。而她竟然也是如此，則其生涯之潦倒，就更可想見了。

宋末劉辰翁曾和此詞，小序云：「余自乙亥上元，誦李易安〈永遇樂〉，為之涕下。今三年矣。每聞此詞，輒不自堪，遂依其聲，又托之易安自喻，雖辭情不及，而悲苦過之。」乙亥是公元一二七五年，到一二七九年，南宋就亡了。劉辰翁正是從這首詞中即小見大，即從其所寫的個人過元宵節時的今昔之感，看到國家的興亡、廣大人民喪亂流離的痛苦的。

姜夔詞小札

小重山令

賦潭州紅梅

人繞湘皋月墜時，斜橫花樹小、浸愁漪。一春幽事有誰知？東風冷，香遠茜裙歸。　鷗去昔遊非。遙憐花可可、夢依依。九疑雲杳斷魂啼，相思血，都沁綠筠枝。

首句點潭州。「斜橫」句點梅。「一春」句因景及情。「東風」兩句，因物及人，並點題「紅」字。過片因今思昔。「鷗」，應上「湘皋」、「愁漪」。「九疑」三句，用湘妃事，以竹之紅斑比梅之紅花，從賈島《贈人斑竹拄杖》「莫嫌滴瀝紅斑少，恰是湘妃淚盡時」來，仍關合潭州，又點「紅」字。即梅即人，一結淒艷。

江梅引

丙辰之冬，予留梁溪，將詣淮南不得，因夢思以述志。

人間離別易多時。見梅枝，忽相思。幾度小窗幽夢手同攜？今夜夢中無覓處，漫裴徊。寒浸被，尚未知。 濕紅恨墨淺封題。寶箏空，無雁飛。俊遊巷陌，算空有、古木斜暉。舊約扁舟心事已成非。歌罷淮南春草賦，又萋萋。漂零客，淚滿衣。

上片冬留梁溪，下片詣淮不得，因夢述志。「見梅枝」兩句，從盧仝《有所思》「相思一夜梅花發，忽到窗前疑是君」來。「歌罷」兩句用淮南小山《招隱士》「王孫遊兮不歸，春草生兮萋萋」，仍是離別之感，綰合起句。

離別之難，相思之苦，似應度日如年矣，而言「易多時」，是一拗。既已多時，似不相思矣，而承以「忽相思」，又是一轉。相思在「見梅枝」之後，似見花而懷人，然證之「幾度」一句，則固未嘗一日忘也。或謂「幾度小窗幽夢」亦可在「見梅枝」之後，然其下緊接「今夜夢中」，作一對比，則此「幾度」，固謂「今夜」以前。

點絳唇

丁未冬，過吳松作。

燕雁無心，太湖西畔隨雲去。數峰清苦，商略黃昏雨。　第四橋邊，擬共天隨住。今何許？憑闌懷古，殘柳參差舞。

首二句言本無容心，自然超脫；次二句則未免有情，仍苦執着也。過片應首二句，蓋己之欲共天隨住，浪跡江湖，與燕雁之「無心」「隨雲」，亦略同也。「今何許」三句，首三字一提，其下綰合「數峰」二句，更進一層。「憑闌」所以眺遠，「懷古」即是傷今，氣象闊大。柳舞本屬纖柔，而「柳」上著「殘」字，「舞」上著「參差」字，便覺悲壯蒼涼，有「俯仰悲今古」之意。白石結處每苦力竭，此則力透紙背，有餘不盡。

燕雁或者有知，而以「無心」為說；山峰純屬無知，而以「商略」為言：此便是奪化工處。「數峰」二句，最是白石本色。

鷓鴣天

己酉之秋，苕溪記所見。

京洛風流絕代人，因何風絮落溪津？籠鞋淺出鴉頭襪，知是凌波縹渺身。　紅乍笑，綠長顰，與誰同度可憐春？鴛鴦獨宿何曾慣，化作西樓一縷雲。

上片，首句容儀，次句身世，三句裝束，四句總贊。過片兩句著色。「紅」，櫻口；「綠」，翠眉。「乍笑」，樂少；「長顰」，愁多。「與誰」句，賀鑄〈青玉案〉所謂「月橋花院，瑣窗朱戶，只有春知處」也。「鴛鴦」句從杜詩《佳人》「合昏尚知時，鴛鴦不獨宿」出，而化實為虛。「化作」句，暗用《高唐賦》。下片皆自「風絮落溪津」生發。

鷓鴣天

正月十一日觀燈

巷陌風光縱賞時，籠紗未出馬先嘶。白頭居士無呵殿，只有乘肩小女隨。

花滿市，月侵衣，少年情事老來悲。沙河塘上春寒淺，看了遊人緩緩歸。

「籠紗」句，《蕙風詞話》云：「七字寫出華貴氣象。」是也。先出此句，則後「白頭」兩句之清冷自見。「紗籠喝道」，見《夢粱錄》，即呵殿也。過片兩句，言風光依舊。「少年」句，言心境情事都非，徒增忉怛耳。章穎〈小重山〉所謂「舊遊無處不堪尋，無尋處，唯有少年心」也，朱服〈漁家傲〉所謂「寄語東陽沽酒市，拼一醉，而今樂事他年淚」也。「沙河」二句，秦觀〈金明池〉所謂「縱寶馬嘶風，紅塵拂面，也只尋常歸去」也。

鷓鴣天

元夕有所夢

肥水東流無盡期，當初不合種相思。夢中未比丹青見，暗裏忽驚山鳥啼。　春未綠，鬢先絲，人間別久不成悲。誰教歲歲紅蓮夜，兩處沉吟各自知。

水流無盡，重見無期，翻悔前種相思之誤。別久會難，唯有求之夢寐；而夢境依稀，尚不如對畫圖中之春風面，可以灼見其容儀，況此依稀之夢境，又為山鳥所驚，復不得久留乎？上片之意如此。下片則言未及芳時，難成歡會，而人已垂垂老矣，足見別之久、愁之深。夫「黯然消魂者，唯別而已矣」，而竟至「不成悲」，蓋緣飽經創痛，遂類冥頑耳。然而當「歲歲紅蓮夜」，則依然觸景生情，一念之來，九死不悔，唯兩心各自知之，故一息尚存，終相印也。

戴叔倫《湘南即事》云：「沅湘日夜東流去，不為愁人住少時。」魚玄機《江陵愁望寄子安》云：「憶君心似西江水，日夜東流無歇時。」可與首二句比觀。

踏莎行

自沔東來，丁未元日至金陵，江上感夢而作。

燕燕輕盈，鶯鶯嬌軟，分明又向華胥見。夜長爭得薄情知，春初早被相思染。　別後書辭，別時針線，離魂暗逐郎行遠。淮南皓月冷千山，冥冥歸去無人管。

首兩句，人。「分明」句，夢。「夜長」兩句，感夢之情。上片言己之相思。過片兩句，醒後回憶。「離魂」句，言人之相思。「淮南」兩句，因己之相思，而有人之入夢，因人之入夢，又憐其離魂遠行，冷月千山，踽踽獨歸之伶俜可念。上片是怨，下片是轉怨為憐，有不知如何是好之意，溫厚之至。

燕燕鶯鶯連用，本蘇軾《張子野年八十五尚聞買妾述古令作詩》：「詩人老去鶯鶯在，公子歸來燕燕忙。」

浣溪沙

予女須家沔水山陽，左白湖，右雲夢，春水方生，浸數千里。冬寒沙露，衰草入雲。丙午之秋，予與安甥或蕩舟採菱，或舉火罝兔，或觀魚簺下，山行野吟，自適其適，憑虛悵望，因賦是闋。

著酒行行滿袂風，草枯霜鶻落晴空，銷魂都在夕陽中。　悵入四弦人欲老，夢尋千驛意難通，當時何似莫匆匆。

起二句意境高曠。第三句淒黯。第四句入人。第五句，雖千驛而不辭夢尋，雖夢尋而意仍難通，情愈深而愈苦，逼出結句，晏殊〈踏莎行〉所謂「當時輕別意中人，山長水遠知何處」也。

浣溪沙

丙辰歲不盡五日，吳松作。

雁怯重雲不肯啼，畫船愁過石塘西，打頭風浪惡禁持。　春浦漸生迎棹綠，小梅應長亞門枝，一年燈火要人歸。

「春浦」句，客中之景，謂可以歸矣。「小梅」句，家中之景，謂待人歸去。

霓裳中序第一

丙午歲，留長沙，登祝融，因得其祠神之曲曰黃帝鹽、蘇合香。又於樂工故書中得商調霓裳曲十八闋，皆虛譜無辭……然音節閒雅，不類今曲。予不暇盡作，作中序一闋傳於世。予方羈遊，感此古音，不自知其辭之怨抑也。

亭皋正望極，亂落江蓮歸未得。多病卻無氣力，況紈扇漸疏，羅衣初索。流光過隙，嘆杏梁雙燕如客。人何在？一簾淡月，彷彿照顏色。

幽寂，亂蛩吟壁，動庾信清愁似織。沉思年少浪跡，笛裏關山，柳下坊陌。墜紅無信息，漫暗水涓涓溜碧。漂零久，而今何意，醉臥酒壚側。

起句，傷高懷遠之意。次句，見時之晚、客之久。「多病」句，更進一層。「況紈扇」四句，流連光景。「人何在」以下，羈旅之中更感別離之苦。過片實寫羈情。「沉思」五句，同是作客，而少年羈旅，猶勝投老江湖，今之幽寂淒清，亦遜昔之疏狂豪放，雖欲求如昔之年少浪跡，豈可得乎？意愈深而情愈悲矣。結三句，即作者在另一首〈浣溪沙〉中所云「老夫無味已多時」也。

此詞多用杜詩。「江蓮」，出《巳上人茅齋》「江蓮搖白羽」。「一簾」二句，出《夢李白》「落月滿屋梁，猶疑照顏色」。「笛裏關山」，出《洗兵馬》「三年笛裏關山月」。「墜紅」，出《秋興》「露冷蓮房墜粉紅」，應上「亂落江蓮」。「暗水」，出《夜宴左氏莊》「暗水流花徑」。

齊天樂

丙辰歲，與張功父會飲張達可之堂，聞屋壁間蟋蟀有聲，功父約余同賦，以授歌者。功父先成，辭甚美。予裴回末利花間，仰見秋月，頓起幽思，尋亦得此……

庾郎先自吟愁賦，淒淒更聞私語。露濕銅鋪，苔侵石井，都是曾聽伊處。哀音似訴。正思婦無眠，起尋機杼。曲曲屏山，夜涼獨自甚情緒？　西窗又吹暗雨。為誰頻斷續，相和砧杵？候館吟秋，離宮弔月，別有傷心無數。《豳》詩漫與。笑籬落呼燈，世間兒女。寫入琴絲，一聲聲更苦。

起句寫人。庾郎，自況。次句寫蟋蟀。以下皆人、蛩夾寫。先自聽者說起，未聞之前，已「先自吟愁賦」，則何堪「更聞」耶？以「私語」狀蛩鳴，甚切而新。「更聞」應上「先自」，透進一層。「露濕」二句，聽蛩之地。「哀音」應「私語」，「語」非獨「私」也，其「音」亦「哀」，又透進一層。「正思婦」二句，聽蛩之人。「曲曲」二句，似問似嘆，亦問亦嘆，益見低回往復之情。

過片為張炎所賞，以其「曲之意脈不斷」（《詞源》）也。「暗雨」應上「夜涼」，「夜涼」已是「獨自甚情緒」，況「又吹暗雨」耶？再透進一層。「為誰」二句，更作一問，理愈無愈妙，情愈癡愈深。「《豳》詩」句，周濟所謂「補湊處」（《〈宋四家詞選〉序論》），陳銳所謂「太覺呆詮」（《裒碧齋詞話》）者也。其病在與下文不連。若李清照〈鳳凰臺上憶吹簫〉，於武陵、秦樓之下，續以「唯有樓前流水」，則通體皆活矣。一結又綰合「私語」、「哀音」，有餘不盡。收尾蛩「聲更苦」，亦與開頭人「先自吟愁賦」呼應。

此詞下片，當與王沂孫同調《詠蟬》比觀。

一萼紅

丙午人日，予客長沙別駕之觀政堂。堂下曲沼，沼西負古垣，有盧橘、幽篁，一徑深曲。穿徑而南，官梅數十株，如椒，如菽，或紅破白露，枝影扶疏。著屐蒼苔細石間，野興橫生。亟命駕登定王臺，亂湘流，入麓山。湘雲低昂，湘波容與，興盡悲來，醉吟成調。

古城陰，有官梅幾許，紅萼未宜簪。池面冰膠，牆腰雪老，雲意還又沉沉。翠藤共、閒穿徑竹，漸笑語、驚起臥沙禽。野老林泉，故王臺榭，呼喚登臨。　南去北來何事？蕩湘雲楚水，目極傷心。朱户粘雞，金盤簇燕，空嘆時序侵尋！記曾共、西樓雅集，想垂楊、還裊萬絲金。待得歸鞍到時，只怕春深。

起三句點題，序所謂「官梅數十株，如椒，如菽」也。「池面」三句，寫時，寫梅未開之景，補足上三句。「翠藤」以下，寫當前情境。「翠藤共、閒穿徑竹」與下「記曾共、西樓雅集」，周濟謂是「復處」，然「翠藤」為實寫現在，「西樓」乃回憶過去，周説殆非也。

下片宕開。「南去」三句，就空間説，傷漂流之無定。「朱戶」三句，點人日（《荊楚歲時記》「人日貼畫雞於戶」），就時間説，嘆光陰之易遷。「記曾」句，回憶以前。「想垂柳」句，由回憶而惋惜現在。「待得」兩句，由現在而設想將來。末數語，由過去想到將來，春初想到春深，極沉鬱。蔣捷〔綠都春〕云：「縱然歸近，風光又是，翠陰初夏。」與此同意。王沂孫〔高陽臺〕云：「何人寄與天涯信，趁東風、急整歸鞭。縱飄零、滿院楊花，猶是春前。」翻用亦好。

念奴嬌

予客武陵，湖北憲台在焉。古城野水，喬木參天。予與二三友日蕩舟其間，薄荷花而飲。意象悠閒，不類人境。秋水且涸，荷葉出地尋丈，因列坐其下。上不見日，清風徐來，綠雲自動。間於疏處窺見遊人畫船，亦一樂也。朅來吳興，數得相羊荷花中。又夜泛西湖，光景奇絕，故以此句寫之。

鬧紅一舸，記來時、嘗與鴛鴦為侶。三十六陂人未到，水佩風裳無數。翠葉招涼，玉容銷酒，更灑菰蒲雨。嫣然搖動，冷香飛上詩句。　日暮青蓋亭亭，情人不見，爭忍凌波去？只恐舞衣寒易落，愁入西風南浦。高柳垂陰，老魚吹浪，留我花間住。田田多少，幾回沙際歸路。

首二句，泛舟賞荷。「三十」二句，荷之盛。「翠葉」三句，花之艷冶。「嫣然」二句，香之蓊勃。過片是花是人，殆不可辨。「只恐」二句，自盛時想到衰時，溫厚。「高柳」以下，言盛時不再，雖高柳、老魚，亦解勸人少住，惜此芳時；雖遊人日暮，不得不歸，而在歸途，猶時有田田蓮葉縈人情思，尤可念也。「多少」，應上「無數」。

月下笛

與客攜壺，梅花過了，夜來風雨。幽禽自語，啄香心、度牆去。春衣都是柔荑剪，尚沾惹、殘茸半縷。悵玉鈿似掃，朱門深閉，再見無路。　凝佇，曾遊處。但繫馬垂楊，認郎鸚鵡。揚州夢覺，彩雲飛過何許？多情須倩梁間燕，問吟袖、弓腰在否？怎知道、誤了人，年少自恁虛度。

首言本欲排愁，而風雨無情，既催花謝，幽禽自語，更啄花去，所見皆可恨可悲、無可奈何之景；縱觀四周，既觸目而傷懷，反顧一身，又睹物而念遠，將何以為情耶？花之謝，人之隔，固明知其不可「再見」，然於「曾遊處」，仍不能不「凝佇」。上片愈說得明白，愈說得斬釘截鐵，愈見下片「凝佇」之癡絕、之一往情深。然縱一再「凝佇」，所得再見者，亦唯有「垂楊」、「鸚鵡」而已。楊能「繫馬」，鸚能「認郎」，物愈有情，人愈傷感。「彩雲」句一問，「吟袖」句再問，問之不已者，情之所不能已也。末用拙重之筆作收，所謂愈樸愈厚也。

「春衣都是柔荑剪，尚沾惹、殘茸半縷」，即蘇軾〈青玉案〉之「春衫猶是，小蠻針線，曾濕西湖雨」也，與賀鑄〈半死桐〉之「空床臥聽南窗雨，誰復挑燈夜補衣」，情境自別。

琵琶仙

《吳都賦》云：戶藏煙浦，家具畫船。唯吳興為然。春遊之盛，西湖未能過也。己酉歲，予與蕭時父載酒南郭，感遇成歌。

雙槳來時，有人似、舊曲桃根桃葉。歌扇輕約飛花，蛾眉正奇絕。春漸遠、汀洲自綠，更添了、幾聲啼鴂。十里揚州，三生杜牧，前事休說。

又還是、宮燭分煙，奈愁裏匆匆換時節。都把一襟芳思，與空階榆莢。千萬縷，藏鴉細柳，為玉尊、起舞回雪。想見西出陽關，故人初別。

「雙槳」四句，畫船自遠而近，其中有人，乍睹之，似曲中舊識，諦視之，雖非，而其妖冶固相同也。「春漸遠」以下，先點時序景物，以謂春光之漸遠，正如舊夢之漸遙。舊遊遠矣，當前則唯有啼鴂引人離恨，前事何堪再説耶？換頭兩句，謂風景節序依然，而年華暗換。「都把」以下，謂前事既不忍説，則滿懷情思，何異滿地榆錢，亦唯有付之而已。而回憶當時，細柳猶知為離尊起舞，飛絮漫天，情何堪乎？「長安陌上無窮樹，唯有垂楊管別離。」（劉禹錫《楊柳枝》）故因柳而復憶及別時情味。「蛾眉」雖自「奇絕」，而屬意終在「故人」，所謂「任他弱水三千，我只取一瓢飲」也。

玲瓏四犯

越中歲暮，聞簫鼓感懷。

疊鼓夜寒，垂燈春淺，匆匆時事如許。倦遊歡意少，俛仰悲今古。江淹又吟《恨賦》，記當時、送君南浦。萬里乾坤，百年身世，唯有此情苦。

揚州柳垂官路。有輕盈換馬，端正窺户。酒醒明月下，夢逐潮聲去。文章信美知何用？漫贏得、天涯羈旅。教説與，春來要、尋花伴侶。

起三句，扣題。「倦遊」四句，「倦遊」是一層，「歡意少」又是一層。總之，俛仰宇宙，本已抑鬱寡歡，何堪又吟《恨賦》，憶當時別況耶？「萬里」三句，言空間雖大、時間雖久，而於此混沌渺茫之中，唯此一點不變之情足以苦人耳。收縮「萬里」、「百年」於方寸之間，則此情之厚、此苦之深，斷可知矣。

過片謂彼美雖「輕盈」、「端正」，然當月下酒醒，舊夢已逐潮聲而去矣。此亦杜牧「十年一覺揚州夢」之感。「文章」二句，沉痛。「教説與」二句，質直中見深婉，執拗得妙，癡頑得妙，以見此「要」字乃從肺腑中來，當知此所要之「尋花伴侶」，即南浦所送之「君」，故非要不可也。

「換馬」，換或作喚，非。《愛妾換馬》，本樂府古辭，今不傳，見《樂府解題》。唐人詩、賦亦有以之為題者，如張祜即有《愛妾換馬》之詩。此以「換馬」為美女之代語，與「窺戶」同。「窺戶」，見周邦彥〔瑞龍吟〕：「因念個人癡小，乍窺門戶。」

揚州慢

淳熙丙申至日，余過維揚。夜雪初霽，薺麥彌望。入其城，則四顧蕭條，寒水自碧，暮色漸成，戍角悲吟。余懷愴然，感慨今昔，因自度此曲。千巖老人以為有《黍離》之悲也。

淮左名都，竹西佳處，解鞍少駐初程。過春風十里，盡薺麥青青。自胡馬、窺江去後，廢池喬木，猶厭言兵。漸黃昏、清角吹寒，都在空城。

杜郎俊賞，算而今、重到須驚。縱豆蔻詞工，青樓夢好，難賦深情。二十四橋仍在，波心蕩、冷月無聲。念橋邊紅藥，年年知為誰生？

首兩句，周濟指為「俗濫處」，不知於天下名勝、昔日繁華，特鄭重言之，益見「薺麥青青」、「廢池喬木」、「黃昏清角」種種荒涼之不堪回首，乃有力之反襯，非漫然之濫調也。「過春風」兩句，序所謂「《黍離》之悲」。十里長街，唯餘薺麥，則屋宇蕩然可知。「廢池喬木，猶厭言兵」，則居人心情可知。「漸黃昏」兩句，點明時刻，補足荒寒景況。

下片用杜牧詩意，而以「重到須驚」四字翻進一層。「俊賞」與起兩句綰合，「須驚」、「難賦」與「過春風」以下綰合，昔之繁盛，今之殘破，俱在其中；而上片着重景色，下片着重情懷，意雖接連，詞無重複。「二十四橋」兩句，與「黃昏」相應，又以「仍在」二字點出今昔之感。結句言昔之「名都」，今則「空城」，縱「橋邊紅藥」，年年自開，豈復有春遊之盛？「知為誰生」，嘆花固不知，人亦不知也。

清初蔣超《金陵舊院》云：「錦繡歌殘翠黛塵，樓臺已盡曲池湮。荒園一種瓢兒菜，獨佔秦淮舊日春。」詞中薺麥，即詩中瓢兒菜也。

長亭怨慢

予頗喜自制曲，初率意為長短句，然後協以律，故前後闋多不同。桓大司馬云：「昔年種柳，依依漢南。今看搖落，淒愴江潭。樹猶如此，人何以堪？」此語予深愛之。

漸吹盡、枝頭香絮，是處人家，綠深門户。遠浦縈回，暮帆零亂、向何許？閱人多矣，誰得似、長亭樹？樹若有情時，不會得、青青如此。　日暮，望高城不見，只見亂山無數。韋郎去也，怎忘得、玉環分付。第一是、早早歸來，怕紅萼、無人為主。算空有并刀，難剪離愁千縷。

小序桓大司馬云云，見庾信《枯樹賦》。《世説新語·言語篇》：「桓公北征，經金城，見前為琅琊時種柳，皆已十圍。慨然曰：『木猶如此，人何以堪！』攀枝執條，泫然流淚。」賦即用其語，特加繁富耳。吳衡照《蓮子居詞話》乃云：「非桓溫語。」豈未見《世説》耶？

首句記時，二、三句記地，即蘇軾〈蝶戀花〉「枝上柳綿吹又少，天涯何處無芳草」意，同為一往情深。四、五兩句寫景，景中有情。「閱人多矣」，語出《左傳》。文姜云：「妾閱人多矣，未有如公子者。」以下翻用庾賦，語意新奇，感情深摯。換頭「日暮」二字，寫天色，亦暗點心情，「望高城」兩句謂關山間阻，會合無由，但遠望高城，聊抒離恨，已極可悲，況並此高城，亦望而不見，所見者唯有亂山重疊而已。高城且不可見，又況此城中之人乎？「韋郎」以下，謂對景難排，無非為去時玉環有約耳。「第一是」兩句，乃分付（即吩咐）之語，沒齒難忘，情蘊藉而語分明，而愈蘊藉愈纏綿，愈分明愈淒苦，則雖有并州快剪刀，其於「離愁」，亦還是「剪不斷，理還亂」也。

淡黃柳

客居合肥南城赤闌橋之西，巷陌淒涼，與江左異。唯柳色夾道，依依可憐。因度此闋，以抒客懷。

空城曉角，吹入垂楊陌。馬上單衣寒惻惻。看盡鵝黃嫩綠，都是江南舊相識。　正岑寂，明朝又寒食。強攜酒、小喬宅。怕梨花落盡成秋色。燕燕飛來，問春何在？唯有池塘自碧。

首二句，巷陌淒涼，「馬上」句，曉寒客況。「看盡」兩句，楊柳雖如舊識，而地異情殊。換頭正面點出客懷。客懷難遣，況明朝又值寒食，唯有強歡自解耳。「強攜酒」，「強」字一轉。然而又恐當前芳景，轉瞬成愁，「怕梨花落盡」，「怕」字再轉。此句用李賀《河南府試十二月樂詞》「梨花落盡成秋苑」，唯易一字耳。「燕燕」三句，更進一層，謂恐玄鳥來時，春光已去，唯有無情流水，一池自碧而已。「岑寂」屬今日，「明朝」以下，皆懸擬之詞。

鄭文焯校本謂「喬」當作「橋」，云：「此所謂『小橋』者，即題序所云『赤闌橋之西』，客居處也，故云『小橋宅』。若作『小喬』，則不得其解已。」按：喬姓本作橋，後人改之，學者已有考證。此詞作「喬」或「橋」，均不誤。白石曲中所識，實有姊妹二人，故其〈解連環〉云：「為大喬能撥春風，小喬妙移箏，雁啼秋水。」又〈琵琶仙〉云：「雙槳來時，有人似舊曲桃根桃葉。」此小喬，亦即桃根也。鄭說不獨拘泥，且與上文「強攜酒」意不連貫，既客居「赤闌橋之西」矣，又何自而攜酒至橋西己宅耶？真令人「不得其解」也。

暗香

辛亥之冬，予載雪詣石湖，止既月，授簡索句，且徵新聲。作此兩曲，石湖把玩不已，使工妓隸習之，音節諧婉，乃名之曰〈暗香〉、〈疏影〉。

舊時月色，算幾番照我，梅邊吹笛。喚起玉人，不管清寒與攀摘。何遜而今漸老，都忘卻、春風詞筆。但怪得、竹外疏花，香冷入瑤席。

江國，正寂寂。嘆寄與路遙，夜雪初積。翠尊易泣，紅萼無言耿相憶。長記曾攜手處，千樹壓、西湖寒碧。又片片、吹盡也，幾時見得？

首三句從題前說起，極言情境之美。「喚起」兩句，承上，仍是舊時情事。梅邊月下，笛聲悠揚，當斯時也，復喚起玉人，犯寒摘花，月色笛聲，花光人影，融成一片，試思此何等境界、何等情致；而「何遜」兩句，筆鋒陡落，折入現狀，又何等衰颯。此周濟《宋四家詞選》所謂「盛時如此，衰時如此」，周爾墉《〈絕妙好詞〉評》所謂「以『舊時』、『而今』作開合」也。舊夢詞心，都歸遺忘，而續以「但怪得」兩句，則竹外疏花，冷香入席，又復引人幽思。未免有情，誰能遣此耶？

下片仍從盛衰見脈絡。換頭起筆即用「江國，正寂寂」，點出衰時。「嘆寄與」兩句，謂欲寄相思，則路遙雪積，極盡低回往復、忠愛纏綿之情。「翠尊」兩句，則此情欲寄無從，但餘悲泣，「紅萼無言」，殆已至無可說之境地，然終耿耿不忘。其情深至，其音淒厲。「長記」兩句，復苦憶當時之盛，結二句又陡轉入此日之衰。周濟所謂「想其盛時，感其衰時」也。「又片片」句，謂一片一片，吹之不已，終至於盡。「幾時見得」，斬釘截鐵之言，實千回百轉而後出之，如瓶落井，一去不回，意極沉痛。

疏影

苔枝綴玉，有翠禽小小，枝上同宿。客裏相逢，籬角黃昏，無言自倚修竹。昭君不慣胡沙遠，但暗憶、江南江北。想佩環、月夜歸來，化作此花幽獨。　猶記深宮舊事，那人正睡裏，飛近蛾綠。莫似春風，不管盈盈，早與安排金屋。還教一片隨波去，又卻怨、玉龍哀曲。等恁時、重覓幽香，已入小窗橫幅。

此詞「昭君不慣胡沙遠」之語，前人多謂乃指靖康之禍，徽、欽二帝及後宮北徙。張惠言《詞選》云：「以二帝之憤發之。」鄧廷楨《雙硯齋詞話》云：「乃為北庭後宮言之。」鄭文焯校本云：「此蓋傷二帝蒙塵，諸后妃相從北轅，淪落胡地，故以昭君託喻，發言哀斷。考唐王建《塞上詠梅》詩曰：『天山路邊一株梅，年年花發黃雲下。昭君已沒漢使回，前後征人誰繫馬？』白石詞意當本此。」劉弘度丈則舉徽宗北行道中聞番人吹笳笛聲口占〈眼兒媚〉詞中「春夢繞胡沙。家山何處？忍聽羌笛，吹徹《梅花》」諸句，其中分明有「胡沙」、「梅花」之語，以為即姜詞所指，其說尤為可信。靖康之禍，創巨痛深，故直至南宋末年，如劉克莊、高觀國諸人之詞，仍有追蹤此作，託梅發憤者。此詠物之作，而忽及二帝之憤者，則亦猶有人登棲霞、賞紅葉，而忽憶及庚子之亂，珍妃投井，晚清詞流多假詠落葉以弔之，於作詞時，因亦闌入其事。意者，白石既止石湖彌月，酒邊縱談，或及靖康之事，逮其索句，遂亦涉筆及之。《文心雕龍．神思篇》云：「寂然凝慮，思接千載；悄焉動容，視通萬里。」此之謂也。

首句，寫梅之姿色；「翠禽」二句，寫翠禽安適之狀。此宴安鼎盛之時。「客裏」三句，言客中相見，時值日暮天寒，雖綴玉枝頭，而橫枝籬角，無言倚竹，已自淒涼。「客裏」，有播遷意；「籬角」，有江山一角意；「倚修竹」，有翠袖單寒，伶俜可憐意。此南渡偏安之局。「昭君」二句，發二帝之憤，以「胡沙」及「江南江北」對照點出。用「暗憶」字，尤見去國之悲乃所不敢明言，唯暗憶耳。「想佩環」二句，謂故國難歸，唯有「環佩空歸月下魂」而已。昭君之魂，化作梅花，亦猶望帝之魂，化作杜宇，再次將眼前梅花與徽宗詞中「吹徹《梅花》」綰合。四句已極傷感。

換頭「深宮」，謂汴京之宮，「舊事」，謂靖康二年以前之事。「那人」二句，以前沉酣睡夢之情。「莫似」三句，惜花之心，即忠愛之意。「還教」二句，謂雖有惜花之意，而終事與願違，落花終自隨波，護花心事亦唯同付東流而已。譚獻《復堂詞話》謂此二句「跌宕昭彰」，因其已將心事和盤托出。周濟則謂「莫似」以下五句，乃謂「不能挽留，聽其自為盛衰」，所見亦是。花已隨波，護花無計，然聞笛聲之哀，又不能不怨，極吞吐難言之苦。結句謂雖欲重覓幽香，而徒餘畫幅。盛時難再，陳跡空存。行文至止，戛然而止，所謂「發言哀斷」也。此詞善用虛字，周濟謂「以『相逢』、『化作』、『莫似』六字作骨」，是也。他如「還教」、「又卻」、「已入」，亦轉折翻騰，莫不入妙。

〈暗香〉、〈疏影〉雖同時所作，然前者多寫身世之感，後者則屬興亡之悲，用意小別，而其託物喻志則同。

張炎詞小札

南浦

春水

波暖綠粼粼，燕飛來、好是蘇堤才曉。魚沒浪痕圓，流紅去、翻笑東風難掃。荒橋斷浦，柳陰撐出扁舟小。回首池塘青欲遍，絕似夢中芳草。　和雲流出空山，甚年年淨洗，花香不了。新綠乍生時，孤村路、猶憶那回曾到。餘情渺渺，茂林觴詠如今悄。前度劉郎歸去後，溪上碧桃多少！

起三句寫景如畫，便覺春光駘蕩，春水溶溶，如在目前。詠物之最上乘，所謂取神者也。「魚沒」句，體物極工細。「流紅去」句，翻陳出新，用意更進一層。「荒橋」二句，暗點荒涼，其宋邦淪覆以後之作歟？「回首」二句，用謝靈運夢惠連而得「池塘生春草」之句事，如此活用，極融化變幻之奇，劉熙載《藝概》所謂「實事虛用」也。

換頭處不斷曲意，最是作者所長，此「和雲」二句，亦復如是。如《蓮子居詞話》

所云，「刻劃精巧，運用生動，所謂空前絕後」者也。「新綠」二句，亦宛然在目。「餘情」以下，皆作者自謂「用事不為事使」之例。《詞源》云：詠物之詞，「體認稍真，則拘而不暢；模寫差遠，則晦而不明。要須收縱聯密，用事合題，一段意思，全在結句，斯為絕妙」。此作及下詠孤雁，庶幾近之。

解連環

孤雁

楚江空晚。悵離群萬里，恍然驚散。自顧影、欲下寒塘，正沙淨草枯，水平天遠。寫不成書，只寄得、相思一點。料因循誤了，殘氈擁雪，故人心眼。　誰憐旅愁荏苒？漫長門夜悄，錦箏彈怨。想伴侶、猶宿蘆花，也曾念春前，去程應轉。暮雨相呼，怕驀地、玉關重見。未羞他、雙燕歸來，畫簾半捲。

起句寫出一黯淡空闊之境界，以襯雁之孤單。「悵離群」二句，點出孤雁及其離群之恨，敍事兼抒情。「自顧影」句，單棲自憐，栩栩欲活，於用筆則是頓挫處。「正沙淨」二句，謂空江離群，寒塘欲下，本欲別謀棲止，而不知依然寥廓也。「寫不」二句，刻劃孤雁，用雁飛成字及雁足傳書二事，融化為一，不唯精巧絕倫，亦自情思宛轉。然玉田詞不徒以巧見長，世人多愛〈清平樂〉「只有一枝梧葉，不知多少秋聲」及此二句，未為知音也。「料因循」三句，蒼涼悲壯，用蘇武事，殆指文文山一輩人。此與上二句，同用一事，而詞意皆無複重，周濟所謂「以意貫串，渾化無跡」（《〈宋四家詞選〉序論》）者也。

換頭三句，亦雁亦人，融成一片。杜牧《早雁》云：「長門燈暗數聲來。」李商隱《昨日》云：「十三弦柱雁行斜。」故得以錦箏雁柱與長門雁聲相綰合，將人、雁之怨，一齊寫出。「想伴侶」三句，作者代孤雁着想，孤雁又代伴侶着想。孤雁由自己想到對方，又由對方之棲止，想到對方之心情；不自憐己身之漂泊寒塘，而獨念伴侶之「猶宿蘆花」；不言己之思歸求伴，而言伴侶之曾念「去程應轉」：思曲而情深，其有感於六宮北轅之事乎？「暮雨」二句，望之至深至切，翻成疑懼，即李頻《渡漢江》「近鄉情更怯，不敢問來人」之意，謂亡國遺民，不堪重見也。末二句或指留夢炎一輩人。「道不同，不相為謀。」故雖「重見」，亦「未羞」也。

「寒塘」、「畫簾」，窮達自見。

高陽臺

西湖春感

接葉巢鶯，平波捲絮，斷橋斜日歸船。能幾番遊？看花又是明年。東風且伴薔薇住，到薔薇、春已堪憐。更淒然，萬綠西泠，一抹荒煙。

當年燕子知何處？但苔深韋曲，草暗斜川。見說新愁，如今也到鷗邊。無心再續笙歌夢，掩重門、淺醉閒眠。莫開簾，怕見飛花，怕聽啼鵑。

起二句寫出春深，美景良辰，韶華穠麗。「接葉」，疊韻；「平波」，雙聲。以疊對雙。自杜甫律詩每以雙、疊互對或自對，詩人多效之者，然於詞不多覯，蓋文辭之聲律與音樂之聲律，不盡相同，詞供歌唱，不但因雙、疊而美聽也。「斷橋」句，謂春遊盡日，薄晚歸來。當茲湖山信美，景物爭妍，似應無所愁苦矣，而接以

「能幾番」二句，文情陡變，轉念芳時之難留、煙景之不再，悲從中來，不可斷絕。雖極感慨，卻仍以蘊藉出之。譚獻謂為「運掉虛渾」（《復堂詞話》），蓋指其命意雖有變遷，而用筆則空靈而不露圭角也。「東風」二句，由賦而比，字字淒咽，不辨是墨，是淚，是血，其當帝昰、帝昺之時乎？既明知春已不可留，而苦留之，其間若有甚不得已者。此甚不得已者，即至深之情，而至妙之文所由生也。留之固不可得，即萬一東風且住，而花事開到薔薇，亦近尾聲，況未必住乎？因春到薔薇，芳時已晚，而有春盡之感；因有春盡之感，故留東風且住；而即使東風竟住，春光亦覺堪憐。低回往復，如環無端，此真無可奈何之境，萬不得已之情矣。「更淒然」三句，與起筆遙應。杜詩所謂「國破山河在，城春草木深」（《春望》）也。著一「更」字，則「堪憐」之意，更進一層。

換頭假燕子之失故居，以見山河之改變，暗用劉禹錫《烏衣巷》詩意。「韋曲」，唐長安勝地，諸韋所世居；「斜川」，則晉陶潛所嘗遊而為之賦詩者。蓋一指貴遊之所棲宅，一指隱淪之所盤桓，而今則苔深草暗，一例荒蕪，雖燕子重來，更無定巢之處。夫燕本依人，故屋毀則燕亦不知何處，若鷗則託跡煙波，忘機世外，而亦不得不為新愁所苦，益見天翻地覆，至此皆無所逃矣。燕乃一般泛説，兼賅貴賤仕隱，鷗則自喻，以見興亡盛衰之感，無不相同。「無心」以下，復由比而賦，謂雖有笙歌，何心再續舊夢，亦唯有獨掩重門，付之醉眠而已。然此淺醉閒眠，亦出於萬不得已，豈真能漠然忘情哉？故重簾不捲，以簾捲則飛花入目，鵑啼盈耳，又復引人愁思，不如不聞不見之為愈。然雖不聞不見，愁豈真忘？則此簾亦姑妄垂之而已。層層逼入，又層層翻出。《白雨齋詞話》云，此詞「淒涼幽怨，鬱之至，厚之至」，固的評也。《藝蘅館詞選》引麥孺博云：「亡國之音哀以思。」亦確。

高陽臺

慶樂園即韓平原南園，戊寅歲過之，僅存丹桂百餘株，有碑記在荊榛中，故末有「亦猶今之視昔」之感，復嘆葛嶺賈相之故廬也。

古木迷鴉，虛堂起燕，歡遊轉眼驚心。南圃東窗，酸風掃盡芳塵。鬢貂飛入平原草，最可憐、渾是秋陰。夜沉沉，不信歸魂，不到花深。

吹簫踏葉幽尋去，任船依斷石，袖裹寒雲。老桂懸香，珊瑚碎擊無聲。故園已是愁如許，撫殘碑、卻又傷今。更關情，秋水人家，

斜照西泠。（秋水觀，賈相行樂處）

起二句寫出荒蕪淒迷之景。木古明歲久，堂虛明無人。「迷」字、「起」字，傳神。「歡遊」句，六字兩段。「歡遊」是以前，「驚心」是現在，而以「轉眼」關合，包括今昔多少情事在內，轉折極陡峭。「南圃」二句，言園林屋宇之深廣，其中芳塵，亦已為酸風掃盡，何況其他。「酸風」字出李賀《金銅仙人辭漢歌》，亦即悲風，用之與全章情境相稱，所謂合色也。「鬢貂」二句，華屋山丘之感，「渾是」者，謂天時、人事，無非秋陰耳。「夜沉沉」三句，反振有力。侂胄死後，函首送金，故有「歸魂」之語，非泛下也。

過片撇開感慨，更事幽尋，而斷石、寒雲，依然荒寂，於文為欲擒故縱。「老桂」二句，「懸香」字亦出李賀同詩，「珊瑚」本以刻劃桂枝，而暗用石崇與王愷鬥富，擊碎珊瑚事，蓋以慶樂比金谷，而韓、石俱不得其死，亦相同也。「故園」二句，由韓過渡到賈，謂撫慶樂之殘碑，而傷今日之「秋水人家」也。結二句入傷今意。

韓侂胄於寧宗朝專權虐民，邀功誤國，卒致兵敗身死，為天下笑罵。作者過其故居，為此詞以弔之，又因昔及今，連類而及於理宗、度宗朝之賈似道者，蓋不獨此二人事跡略同，且戊寅即端宗昰景炎三年，其年四月，端宗逝世，帝昺繼立，五月改元，六月即遷厓山，次年二月，宋即為元所滅。此詞作於戊寅秋季，正當宋室滅亡之前夕，大好河山，僅存厓山一角，念韓相之開釁、賈相之諱敗，於宋末大勢，所關至深巨，故油然而生「黍離」之感。序稱「亦猶今之視昔」，固明言之矣。

掃花遊

臺城春飲，醉餘偶賦，不知詞之所以然。

嫩寒禁暖，正草色侵衣，野光如洗。去城數里，繞長堤是柳，釣船深艤。小立斜陽，試數花風第幾。問春意，待留取斷紅，心事難寄。　芳訊成拈指，甚遠客它鄉，老懷如此！醉餘夢裏，尚分明認得，舊時羅綺。可惜空簾，誤卻歸來燕子。勝遊地，想依然、斷橋流水。

起句，天氣。二、三句，時令、景色。「去城」三句，地點。「小立」以下，入情。以上稍涉平板，因從虛處著筆，以靈動救之。用紅葉題詩事，而不呆詮，故妙。

換頭謂年光易逝，應上「花風第幾」，而以感嘆出之。「遠客」二句，無限悲涼。他鄉作客，情已不堪，況復人老，又無好懷耶？一層深一層。舊事如塵，早付遺忘，而醉後夢中，不克強制，欲忘不得，羅綺仍復上心，且甚分明，則可悲尤甚。蓋能忘之不足悲，欲忘不能，斯足悲也。「醉餘」二句，從現實折入回憶；「可惜」二句，又從回憶轉到現實。雖醉夢思舊，如在目前，而酒醒夢回，仍但有空簾耳。雖燕子亦為所誤，而況人乎？結二句則謂雖清醒矣，猶神馳於舊日勝遊，既難忘，仍要想，則比上「醉餘」之意，更進一層。

此詞用意行文，大類剝蕉，《世說新語》所嘆「風景不殊，舉目有山河之異」也，而自想像著筆，故尤見情之深切。此詞殆是北遊南歸以後之作。「舊時羅綺」，喻前朝；「歸來燕子」，則自喻也。

渡江雲

山陰久客，一再逢春，回憶西杭，渺然愁思。

山空天入海，倚樓望極，風急暮潮初。一簾鳩外雨，幾處閒田，隔水動春鋤。新煙禁柳，想如今、綠到西湖。猶記得、當年深隱，門掩兩三株。　愁餘！荒洲古漵，斷梗疏萍，更漂流何處？空自覺、圍羞帶減，影怯燈孤。常疑即見桃花面，甚近來、翻笑無書？書縱遠，如何夢也都無？

起句寫景空闊，是登高所望。次句是倒裝，蓋「山空天入海」乃「倚樓望極」之所見也。「風急」以下，仍寫所見，承「倚樓」來。「雨」、「潮」應上「天」、「海」。「幾處」以下，由田裏春鋤，而想到湖邊春柳。「想」字是關鍵，觸景生情，無時無地不想，故其下承以「猶記得」二句。「記得」即自「想」來。想是如今，記是過去。想是懸揣之詞，記則是確切之念。由昔證今，由今憶昔，不明說今昔興亡之感，而此意故在其中。思念舊遊，即是眷懷故國。依依楊柳，自遺民視之，與離離禾黍何殊哉？

換頭由景及情，由物及人，寫出感慨。「愁餘」二字，承上啓下，概括一切。「荒洲」三句，漂流之苦。「空自覺」二句，帶圍寫瘦損，燈影寫孤寂，而冠以「空自覺」，則見更無人關情及之，仍是漂流之苦也。「常疑」以下，句句轉換，層層推進，乍讀之似覺新穎可喜，細玩之則浮薄少味，蓋由於不換意而僅換字，故空疏而不緊湊，滑易而不警峭。周濟評張詞「不肯換意」（《介存齋論詞雜著》），戈載亦謂其「筆不轉深，則其意淺」（《七家詞選》），此類是也。

渡江雲

次趙元父韻

錦香繚繞地，涼燈掛壁，簾影浪花斜。酒船歸去後，轉首河橋，那處認紋紗？重盟鏡約，還記得、前度秦嘉。唯只有、葉題堪寄，流不到天涯。

驚嗟！十年心事，幾曲闌干，想蕭娘聲價。閒過了、黃昏時候，疏柳啼鴉。浦潮夜湧平沙白，問斷鴻、知落誰家？書又遠，空江片月蘆花。

起即寫出綺羅弦管之地。「涼燈」二句，水閣之景。「涼」字從「浪花」生出。「酒船」三句，酒闌人散，將以上繁華，一筆勾銷。「河橋」應上「浪花」。「紋紗」

應上「簾影」。「葉題」二句，翻用唐人御溝題葉事。天涯已遠，題葉已苦，況「流不到」乎？二句又將「酒船歸去」、「轉首河橋」一筆勾銷。可見不獨「簾影」、「涼燈」，都為陳跡，即「河橋」、「酒船」，亦是回憶；「前度」、「重盟」，無非過去情事，今則間阻於葉流不到之天涯矣。用筆夭矯，變幻莫測，清真之嗣響也。

換頭點明舊事。天涯，地之遠。十年，時之久。故唯有「想」而已。「想蕭娘聲價」，亦自周詞「唯有舊家秋娘，聲價如故」來。「問過了」二句，寫出孤寂無聊。「浦潮」句，應上「流不到天涯」，啓下「空江片月」。「斷鴻」應上「葉題」，前寫去書，此寫來書，去書「不到天涯」，來書「知落誰家」，則兩邊皆落空矣。總是杜詩「寄書長不達」之意。

聲聲慢

為高菊墅賦

寒花清事，老圃閒人，相看秋色霏霏。帶葉分根，空翠半濕荷衣。沅湘舊愁未減，有黃金、難鑄相思。但醉裏，把苔箋重譜，不許春知。

聊慰幽懷古意，且頻簪短帽，休怨斜暉。採摘無多，一笑竟日忘歸。從教護香徑小，似東山、還似東籬？待去隱，怕如今、不似晉時。

菊墅，別本作菊澗。江昱《〈山中白雲〉疏證》云：「高菊澗，宋孝宗時人。味此詞意，作於元時。別本誤。」其說是也。

起兩句，「寒花」切菊，「老圃」切墅，亦如黃庭堅《宿舊彭澤懷陶令》之「潛魚願深眇，淵明無由逃」，以名字藏句中，蓋遊戲之筆也。「清事」、「閒人」，點明身份。「相看」三句，人菊合寫。「沅湘」以下，故國之思。盧仝《與馬異結交詩》：「白玉璞裏斫出相思心，黃金礦裏鑄出相思淚。」此用之。（玉田〈瑣窗寒〉悼王碧山亦云：「那知人彈折素弦，黃金鑄出相思淚。」）「沅湘」、「荷衣」，以屈原自況。愁已舊矣，而仍未滅，蓋忠愛之情，九死其猶未悔，故雖有黃金之礦，亦難鑄相思之淚，如盧仝所云也。但醉中自寫幽懷，以抒忠憤，然亦不許世人知之耳。菊生秋日，故云「不許春知」。此春殆指元朝，與後面〈滿庭芳〉《小春》一首同意。換頭所謂「幽懷古意」，即「不許春知」者，承上句來，而推開一層說。「且頻簪」以下，故作排遣之詞，似真曠達，無所容心矣。結二句又將上意一筆抹殺。

舒岳祥序《山中白雲詞》云：「宋南渡勳王之裔子玉田張君，自社稷變置，凌煙廢墮，落魄縱飲。北遊燕薊，上公車，登承明有日矣。一日，思江南菰米、蒓絲，慨然襆被而歸……」事雖不詳，其為俊裔，與潛之為侃後，不欲屈身新朝者略同，而卒不免公車北上，其所遇似更不如潛之能遂其志。末語云云，殆非無因。則此詞之作，其在將事北遊燕薊之時乎？「東山」用謝安隱居東山，終於復出之事，與陶潛之採菊東籬相對，而兩以「似」字發問，知其出處之際，有難言者也。

聲聲慢

北遊答曾心傳惠詩

平沙催曉，野水驚寒，遙岑寸碧煙空。萬里冰霜，一夜換卻西風。晴梢漸無墜葉，撼秋聲、都是梧桐。情正遠，奈吟湘賦楚，近日偏慵。

客裏依然清事，愛窗深帳暖，戲揀香筒。片雲歸程，無奈夢與心同。空教故林鶴怨，掩閒門、明月山中。春又小，甚梅花、猶自未逢？

此詞題目，《疏證》本作《都下與沈堯道同賦》。曾心傳名遇，以元世祖至元二十七年（公元一二九零年）自杭州赴大都（今北京市）寫泥金字藏經。沈欽，字堯道，號秋江。作者北上，乃與沈、曾同行，入都後亦有唱和，詳本詞及〈壺中天〉《夜渡古黃河與沈堯道、曾子敬同賦》諸篇《疏證》。此詞之作，蓋曾先有惠張詩，而張與沈同賦〈聲聲慢〉以和之，故題之文字雖有歧異，而事實則無矛盾也。

起三句寫北遊道中景色，水寒煙空，是冬日，是晴天。「萬里」二句，即鄧剡〈唐多令〉「堪恨西風催世換」之意。「冰霜」則酷寒可畏，「萬里」則寸土皆然，蓋此時上距宋亡，已逾十載矣。「晴梢」二句，嘆倡義之士已稀，恢復之情漸減，一切政令設施，悉屬新朝，天下一統矣。「情正遠」三句，謂舊情日遠，大勢難回，故雖有屈原、賈誼「吟湘賦楚」之心，亦覺其慵矣。

過片推開，說客中清事，亦有可喜，然「雖信美而非吾土，曾何足以少留」（王粲《登樓賦》），夢中心上，唯歸程是念耳。「片霎」二句，己之思歸。「空教」

二句，由己之思歸，想家山之念已。結兩句謂客中春小梅遲，益念江南風景，總結懷歸之意。

聲聲慢

題夢窗自度曲〈霜花腴〉卷後

煙堤小舫，雨屋深燈，春衫慣染京塵。舞柳歌桃，心事暗惱東鄰。渾疑夜窗夢蝶，到如今、猶宿花深。待喚起，甚江蘺搖落，化作秋聲？　回首曲終人去，黯消魂忍看，朵朵芳雲。潤墨空題，惆悵醉魄難醒。獨憐水樓賦筆，有斜陽、還怕登臨。愁未了，聽殘鶯、啼過柳陰。

起三句寫其生前遊賞之跡；次兩句寫其生前聲伎之奉。「舞柳」，四印齋本作「舞竹」，誤。此用小晏詞「舞低楊柳樓心月，歌盡桃花扇底風」也。「渾疑」兩句，知其已逝，疑其猶存，情不能忘也。以「夢窗」二字，嵌入句中，與其〈瑣窗寒〉

悼王碧山作「斷碧分山」句同，雖見巧思，然終是小家數，不足為法。「待喚起」三句，謂雖疑其猶在而欲喚之，然詞魄難招，但有江蘺搖落，秋聲一片而已。換頭點詞卷，以湘靈鼓瑟喻其詞聲律之美，以韋陟署名喻其卷書跡之工。「潤墨」以下，悼其人，憐其才，人琴之痛深矣。觸景生情，故怕登臨對斜陽而傷逝也。末句以景結情。

聲聲慢

別四明諸友歸杭

山風古道，海國輕裾，相逢只在東瀛。淡泊秋光，恰似此日遊情。休嗟鬢絲斷雪，喜閒身、重渡西泠。又溯遠，趁回潮拍岸，斷浦揚舲。

莫向長亭折柳，正紛紛落葉，同是飄零。舊隱新招，知住第幾層雲。疏籬尚存晉菊，想依然、認得淵明。待去也，最愁人、猶戀故人。

起五句，四明之遊，景色、時令、心情皆在其內。「休嗟」以下，歸杭州，歸途風物、羈愁老境皆在其內。雖曰「休嗟」，所嗟深矣；雖曰「閒身」，奈心事難遣何？

換頭謂恐引起離恨，故不教折柳。然縱不折柳，暫羈別愁，而落葉紛紛，仍足動人漂泊之感。「舊隱」以下，謂縱歸杭州，而舊國故家，無非禾黍，一身如寄，落葉何殊，而見其時「焚芰制而裂荷衣，抗塵容而走俗狀」（孔稚珪《北山移文》）之徒，歸命新朝者，則已青雲直上矣，唯有東籬之菊，尚是晉物，或依然認得淵明之為晉人耳，豈不更愁人乎？當此之際，當更念在四明之故人矣。

此詞上、下片皆分前後兩層。前，當時情景；後，懸揣之辭。章法整飭。

綺羅香

紅葉

萬里飛霜，千山落木，寒艷不招春妒。楓冷吳江，獨客又吟愁句。

正船艤、流水孤村；似花繞、斜陽歸路。甚荒溝、一片淒涼，載情不去載愁去。　長安誰問倦旅，羞見衰顏借酒，飄零如許。漫倚新妝，不入洛陽花譜。為回風、起舞尊前，盡化作、斷霞千縷。記陰陰、綠遍江南，夜窗聽暗雨。

首句寫天候之嚴冷，喻新朝之威勢。次句寫百卉之凋零，喻故國之淪亡。三句寫紅葉，自喻。「楓冷」二句點題，用崔信明「楓落吳江冷」句，兼抒獨客之愁。「正船艤」兩句，刻劃紅葉，用流水對，活而不滯。「甚荒溝」兩句，翻用題紅事，用意更進一層，備覺淒苦。

換頭寫人。「借酒」，四印齋本作「醉酒」，誤。此用陳師道《除夜對酒贈少章》：「髮短愁催白，顏衰酒借紅。」陳詩又自鄭谷《乖慵》「衰鬢霜供白，愁顏酒借紅」來。此處寫人，實亦寫葉，不獨人之酒面與葉同紅，且人之旅況、老懷，亦與飄零落葉，同其命運也。「漫倚」二句，自喻孤懷，亦以諷附元者。「為回風」二句，仍是飄零之感。結二句不忘盛時。夜窗暗雨，眷懷故國，情味概可知矣。

壺中天

夜渡古黃河，與沈堯道、曾子敬同賦。

揚舲萬里，笑當年底事，中分南北。須信平生無夢到，卻向而今遊歷。老柳鬬河，斜陽古道，風定波猶直。野人驚問：泛槎何處狂客？　迎面落葉蕭蕭，水流沙共遠，都無行跡。衰草淒迷秋更綠，唯有閒鷗獨立。浪挾天浮，山邀雲去，銀浦橫空碧。扣舷歌斷，海蟾飛上孤白。

一起氣勢甚盛。「笑當年」二句，即張孝祥〈六州歌頭〉「追想當年事，殆天數，非人力」意，而張詞結以「有淚如傾」，此詞則冠以「笑」字，以表示無可奈何之意，真柳宗元所謂「嬉笑之怒，甚乎裂眥，長歌之哀，過乎痛哭」（《對賀者》）也。「須信」句，反跌下句有力。「老柳」三句，雄渾闊大，自是初遊北地所見情景。

換頭三句，寫景極蕭疏空闊之致。「衰草」二句，獨立之閒鷗，與僕僕征途之北遊諸人正相映射。「唯有閒鷗獨立」，則其外皆不能閒、不能獨立可知，亦賦亦比。

「浪挾」三句，極精練而仍壯闊。結句亦警策，仍從張孝祥〔念奴嬌〕《過洞庭》「扣舷獨嘯，不知今夕何夕」來。此詞甚類東坡，於集中為別調。

八聲甘州

辛卯歲，沈秋江同余北歸。秋江處杭，余處越。越歲，秋江來訪寂寞，晤語數日，又復別去。賦此餞行，並寄曾心傳。秋江名堯道。

記玉關踏雪事清遊，寒氣脆貂裘。傍枯林古道，長河飲馬，此意悠悠。短夢依然江表，老淚灑西州。一字無題處，落葉都愁。　載取白雲歸去，問誰留楚佩，弄影中洲？折蘆花贈遠，零落一身秋。向尋常、野橋流水，待招來、不是舊沙鷗。空懷感、有斜陽處，卻怕登樓。

以追敘前遊起筆，一「記」字直貫五句，一氣呵成，極健拔。（「寒氣脆貂裘」，吳白匋先生云：「周濟《宋四家詞選》改『脆』作『敝』，誤。此出岑參《北庭貽宗學士道別》：『容鬢老胡塵，衣裘脆邊風。』」）「短夢」折入現在，一句點醒。

老淚西州，存亡之感，不獨如羊曇之哭謝公，亦《詩》所云「人之云亡，邦國殄瘁」也。「一字」二句，亦翻用題紅事，而較「唯只有、葉題堪寄，流不到天涯」及「甚荒溝、一片淒涼，載情不去載愁去」，又進一層，意更淒苦，辭更精警。

換頭改出以疏宕之筆。「問誰留」二句，故作搖曳，亦以疏間密。「一字」二句，精警極矣，其下又出「折蘆花」二句，與之頡頏，是何等力量！「向尋常」二句，謂「野橋流水」依然，而「沙鷗」非舊，寄託遙深。此中有人，非獨鷗也。結句點明感慨，暗用李商隱《登樂遊原》「夕陽無限好，只是近黃昏」意作結，到底不懈。

此詞文字極為警策，而以疏宕之氣行之，故流暢而不纖，渾厚而不滯，玉田詞中上乘也。

八聲甘州

次韻李筠房

望涓涓一水隱芙蓉，幾被暮雲遮。正憑高送目，西風斷雁，殘月平沙。未覺丹楓盡老，搖落已堪嗟。無避秋聲處，愁滿天涯。　一自盟鷗別後，甚酒瓢詩錦，輕誤年華。料荷衣初暖，不忍負煙霞。記前度、剪燈一笑，再相逢、知在那人家？空山遠、白雲休贈，只贈梅花。

起即寫憑高所見之景，「憑高」句倒裝。「西風」二句，仍承「憑高」來。此與前〈渡江雲〉一首，起數句結構略同。「未覺」二句，秋氣搖落之狀。「無避」二句，意新句警，辭愈婉曲，情愈淒楚矣。換頭嘆年華之虛度。而承以「料荷衣」二句者，欲其堅歲寒之約耳。「記前度」以下，遙寄相思之意。「白雲」，用陶弘景《答（梁武帝）詔問「山中何所有」》：「山中何所有，嶺上多白雲。只可自怡悅，不堪持贈君。」「梅花」，用陸凱《寄范曄》：「折梅逢驛使，寄與隴頭人。江南無所有，聊贈一枝春。」謂已遁空山，山中自有白雲，不勞持贈，但冀聊寄梅花，以見在遠不遺耳。

臺城路

送周方山遊吳

朗吟未了西湖酒，驚心又歌南浦。折柳官橋，呼船野渡，還聽垂虹風雨。漂流最苦。況如此江山，此時情緒。怕有鴟夷，笑人何事載詩去。　荒臺只今在否？登臨休望遠，都是愁處。暗草埋沙，明波洗月，誰念天涯羈旅？荷陰未暑。快料理歸程，再盟鷗鷺。只恐空山，近來無杜宇。

起句從別前著筆。次句謂良會未闌，離歌遽唱也。「折柳」二句，送別情景。「還聽」句點明遊吳。「漂流」以下，直賦行跡。「此時情緒」，由「如此江山」來。江山如此，情緒安得而不如此耶？鴟夷子皮功成身退，浪跡五湖煙水，蓋與亡國遺黎，苦樂懸殊，故恐其見笑也。

換頭三句，登高念遠，弔古傷今，無非愁恨。〈聲聲慢〉《北遊答曾心傳惠詩》「萬里冰霜，一夜換卻西風」，〈八聲甘州〉《次韻李筠房》「無避秋聲處，愁滿天涯」，及此「登臨休望遠，都是愁處」，寓意均同，蓋指宗社淪亡，已無寸土可供棲託，亦即上文「如此江山，此時情緒」之延伸也。「暗草」三句，謂不但漂流，而且寂寞。「暗」、「埋」、「明」、「洗」諸字，均下得極煉。「荷陰」三句，盼其早日歸杭，春去而夏返也。亡國之恨，漂流之苦，非登臨所可排遣，故不如退隱盟鷗之為得計。數句雖似閒情，出以輕快之筆，然實從極沉痛中來，蓋寓沉痛於悠閒也。結句更作翻騰，勸歸無鳥，益見「料理歸程」之不容緩矣。其〈憶舊遊〉（「記開簾過酒」）以「縱忘卻歸期，千山未必無杜鵑」句作結，與此正相反，可悟一意化兩之法，所謂橫說豎說，無所不可也。

臺城路

庚寅秋九月之北，遇汪菊坡，一見若驚，相對如夢。回憶舊遊，已十八年矣。因賦此詞。

十年前事翻疑夢，重逢可憐俱老。水國春空，山城歲晚，無語相看一笑。荷衣換了。任京洛塵沙，冷凝風帽。見說吟情，近來不到謝池草。　歡遊曾步翠窈，亂紅迷紫曲，芳意今少。舞扇招香，歌橈喚玉，猶憶錢塘蘇小。無端暗惱。又幾度流連，燕昏鶯曉。回首妝樓，甚時重去好？

杜甫《羌村》「夜闌更秉燭，相對如夢寐」，晏幾道〈鷓鴣天〉「今宵剩把銀紅照，猶恐相逢似夢中」，皆是前事分明，重逢疑夢；此則重逢俱老，極為真確，而前事舊遊，翻疑夢寐。前者是驚喜之情，慶慰當前；後者是悲感之懷，嘆惜過去。故國湮淪，舊遊渺邈，而水國山城，老來重見，又值春空歲晚之時，此時此地，此情此境，尚有何話可說，則唯有「相看一笑」而已。此笑乃是無聲之嘆、無淚之哭，蓋較之痛哭流涕，為尤沉痛，亦與前〈壺中天〉（「揚舲萬里」）之「笑當年底事，中分南北」之笑同也。既已換了荷衣，則於富貴功名更無關涉，故雖「京洛多風塵，素衣化為緇」（陸機：《為顧彥先贈婦》），亦「任」之而已。心事全非，吟情自減，故雖見池塘春草，亦不能如謝客之得佳句也。

歡遊雖屬可念，芳意今已無多，唯錢塘蘇小之舞扇、歌橈，尚偶然憶及。夫豈真憶舞扇、歌橈哉？亦憶承平故國耳。憶錢塘蘇小，蓋憶故都猶勝憶故人。「幾度流連」，有多少情事在內，多少時光在內。「回首妝樓」，仍是眷戀錢塘，蓋即屈原之「臨睨夫舊鄉」耳。

臺城路

杭友抵越，過鑑曲漁舍會飲。

春風不暖垂楊樹，吹卻絮雲多少？燕子人家，夕陽巷陌，行入野畦深窈。篝花鬥草。記小舫尋芳，斷橋初曉。那日心情，幾人同向近來老？

消憂何處最好？夜深頻秉燭，猶是遲了。南浦歌闌，東林社冷，贏得如今懷抱。吟悰暗惱。待醉也慵聽，勸歸啼鳥。怕攪離愁，亂紅休去掃。

起兩句曰「春風」，曰「楊樹」，曰「絮雲」，如何駘蕩融和，而以「不暖」、「吹卻」一綰合之，遂覺淒冷如秋，物情人意，同其蕭颯。「燕子」三句，不獨鑑曲漁舍，乃王姓別業，故用劉禹錫《烏衣巷》詩以切之，而興亡之感亦寓焉。「篝花」三句，本意聊以花草助春遊逸興，而反由此憶及當時西湖尋芳之樂，故國之悲油然上心。「那日」兩句，謂「近來」已非「那日」，不特人老，心情亦同老矣。過片點題。會飲，所以「消憂」也，然而「遲了」。「如今懷抱」，豈可「消」

乎?「吟悰」三句,承「歌闌」、「社冷」來。啼鳥雖自勸歸,而天壤茫茫,無一寸土,何處可歸者?故慵聽耳。結兩句謂「亂紅」雖然可掃,而「離愁」終屬難排,恐掃亂紅,反攪離愁,故曰「休去掃」,終是「此情無計可消除」耳。

憶舊遊

余離群索居,與趙元父一別四載。癸巳春,於古杭見之。形容憔悴,故態頓消。以余之況味,又有甚於元父者,抑重余之惜,因賦此調,且寄元父。當為余愀然而悲也。

嘆江潭樹老,杜曲門荒,同賦飄零。乍見翻疑夢,對蕭蕭短髮,都是愁根。秉燭故人歸後,花月鎖春深。縱草帶堪題,爭如片葉,能寄殷勤? 重尋,已無處,尚記得依稀,柳下芳鄰。佇立香風外,抱孤愁淒惋,羞燕慚鶯。俯仰十年前事,醉後醒還驚。又曉日千峰,涓涓露濕花氣生。

「樹老」、「門荒」，寫出今昔之感、盛衰之異、飄零之苦。山河已改，景物全非，故國黍離，故家喬木，唯有「同賦飄零」耳。久別乍見，翻疑夢寐（「乍見」句，直用司空曙《雲陽館與韓紳宿別詩》），彼此情況，不問可知，無可相慰，唯有相哀而已。短髮蕭蕭，已見憂傷憔悴，而況此為「愁根」乎？髮乃與生俱來，有生則有髮，有髮則有愁，有生之年，此愁更無擺脱處，故曰「愁根」也。李白《秋浦歌》：「白髮三千丈，緣愁似個長。」一短一長，均極善喻；而一實一虛，又自不同。辭新意苦，不堪多讀。且夫當與元父聚首之時，猶思及時行樂，以釋愁懷，秉燭夜遊，聊忘隱痛，而故人旋別，離群索居，則雖值春光濃麗，月夕花晨，亦無可共遊共遣者矣。「花月」、「春深」，乃芳時美景，而以一「鎖」字聯繫之，則芳時美景，皆與己無與矣，則唯有如題紅故事，託片葉以寄殷勤耳。

舊遊往事，既已無處重尋，唯餘「柳下芳鄰」，依稀可記，此明所以賦寄之故也。獨抱孤愁，謂己山河之痛；香風鶯燕，謂人攀附之榮。故對之而淒婉、而羞慚，唯有避之，立於此風之外而已。十年前事，久成過去，醒時或可不記，醉後故自難忘，故「還驚」也。此詞作於元世祖至元三十年（公元一二九三年），上距宋亡已十四年，言十年，舉成數也。淒涼前事，終成陳跡，而惱人春色，則在目前。曉日千峰，露痕花氣，固足賞心悅目，然自愁人視之，則徒令人心煩意亂。留戀者，偏如此恍惚；厭惱者，偏如此分明：是真無可奈何矣。以景結情，深婉之至。

滿庭芳

小春

晴皎霜花，曉融冰羽，開簾覺道寒輕。誤聞啼鳥，生意又園林。閒了淒涼賦筆，便而今、懶聽秋聲。消凝處，一枝借暖，終是未多情。

陽和能幾許？尋紅探粉，也恁忺人。笑鄰娃癡小，料理護花鈴。卻怕驚回睡蝶，恐和他、草夢都醒。還知否？能消幾日，風雪灞橋深。

起三句言天候由寒轉暖。「誤聞」兩句，謂啼鳥喧晴，園林似大有生意矣，而以「誤聞」冠之，則諷意顯然。「閒了」兩句，謂強欲如歐陽修之賦《秋聲》，而無此心情，聲且懶聽，豈能執筆作賦乎？小春乃深秋之續，似春而實冬，故詠小春而及秋聲也。前引舒岳祥序《山中白雲詞》云：「北遊燕薊，上公車，登承明有日矣。

一日，思江南菰米、蓴絲，慨然襆被而歸。」考之集中作詞年月，蓋以至元二十七年庚寅九月北上，翌年辛卯即歸，而其詞眷懷故國，始終如一，則北遊當是被迫成行，有所不得已，故得間即南旋。「一枝」兩句，蓋暗指新朝招隱，無非市恩，一枝之借，非己所欲受也。

換頭仍承上意。陽和有限，而大肆渲染，似已春色盎然，遂使癡小鄰娃，爭勤春事，以比趨附之徒，不自知其愚昧也。「卻怕」兩句，謂此輩貪圖富貴，亦如莊周夢蝶，及其既醒，則一切皆空。結句言小春借暖，終非可久，風雪將臨，癡娃、睡蝶，奈之何哉？江氏《疏證》云：「此詞似以小春喻元朝。」其說是也。

淒涼犯

北遊道中寄懷

蕭疏野柳嗚寒雨，蘆深還見遊獵。山勢北來，甚時曾到，醉魂飛越。酸風自咽，擁吟鼻、征衣暗裂。正淒迷、天涯羈旅，不似灞橋雪。

誰念而今老，懶賦《長楊》，倦懷休說。空憐斷梗，夢依依、歲華輕別。待擊歌壺，怕如意、和冰凍折。且行行、平沙萬里盡是月。

首句，「柳」上冠「野」字，「野柳」上復冠「蕭疏」字，「雨」上冠「寒」字，而以一「嗚」字綴合之，則北道淒涼之狀，宛然在耳目間矣。次句，時值高秋，遊獵深蘆之中，亦北俗也。「山勢」三句，巖巒之雄壯。「酸風」二句，旅途之艱苦。「正淒迷」二句，《全唐詩話》稱鄭綮善詩，「或曰：『相國近為新詩否？』對曰：『詩思在灞橋風雪中驢子上。此何以得之？』」此暗用其意，言舉目有山河之異，故全無吟興也。

換頭承上，謂不特中途無吟詩之興，入都亦無獻賦之情。揚雄獻賦，見《漢書》、《文選》。李頎《寄司勳盧員外》云：「早晚薦雄文似者，故人今已賦《長楊》。」此反其意，亦見其北遊，非出自願也。「空憐」以下，感身世，惜華年。擊壺，用晉王敦酒後詠魏武樂府「老驥伏櫪，志在千里，烈士暮年，壯心不已」，以如意擊唾壺為節，壺口盡缺之事，而易為「怕如意和冰凍折」，以狀北地嚴寒，非獨新奇可喜，且亦見仍有用世之心，特不欲獻賦新朝耳。末句亦以景結情，「月」與起句「雨」對應。

後記

這是亡妻沈祖棻的一部遺稿，是從她多年從事教學和研究工作積存下來的有關宋詞的著述中選錄出來的。

《北宋名家詞淺釋》是一部沒有寫完的講課筆記。好些年前，她曾經有個機會和幾位青年教師、研究生一起學習宋詞。他們之中有人說：有的宋詞不大好懂，特別是婉約派的藝術表現手法方面；同樣，古代詞論家對於這些詞的批評也不大好懂；要批判其思想內容比較容易，要肯定其藝術技巧則比較困難。她感到這些話很有意思，也很中肯綮，因而就根據他們提出的具體要求和篇目比較詳細地為他們講說了一個時期。由於他們都已經在大學中文系畢業，有較豐富的文學史知識，也具有較強的批判能力，所以她在講課時，就側重在每一篇詞的藝術技巧的分析方面，也側重於婉約派的作品；同時也由於當初並沒有想將這個課程當作一般的詞選來講，而主要是企圖解決學習者所遇到的問題，所以入選各家篇目的多寡，並不完全反映其在詞史的地位。大家如蘇軾，也只講了兩篇，就是因為他們覺得蘇詞比較好懂，不須多講的緣故。當時講完李清照以後，就因另有任務，沒有繼續講下去。現在所能整理出來的，就只有這四十來篇。為了符合內容，現將題目標明北宋。

姜、張兩家詞札記是從她手批的四印齋本《雙白詞》中輯錄出來的。她的批語有的很簡略，有的則比較詳細。現在只把較詳的錄出，因為這一部份對於一般讀者的幫助可能大些。張炎《山中白雲》文字，她曾用《彊村叢書》本江昱《疏證》校訂過，批時擇善而從，現即據以抄寫，故與各本均不盡同。

附錄（責任編輯者按，此本未選）的關於蘇軾等三篇專題論文，是她在幾個院校的科學討論會上提出來宣讀的，有的曾經發表過，但後來都經她作了補充修改。

陶淵明詩云：「奇文共欣賞，疑義相與析。」這些文章以賞奇析疑為主，故此書以《宋詞賞析》為名。

程千帆

一九七八年二月

天地博雅文叢

書　　名　宋詞賞析

作　　者　沈祖棻

編輯委員會　梅　子　曾協泰　孫立川
陳儉雯　林苑鶯

責任編輯　甘玉貞

美術編輯　郭志民

出　　版　天地圖書有限公司
香港黃竹坑道46號
新興工業大廈11樓（總寫字樓）
電話：2528 3671　傳真：2865 2609
香港灣仔莊士敦道30號地庫（門市部）
電話：2865 0708　傳真：2861 1541

印　　刷　美雅印刷製本有限公司
香港九龍官塘榮業街 6 號海濱工業大廈4字樓A室
電話：2342 0109　傳真：2790 3614

發　　行　香港聯合書刊物流有限公司
香港新界荃灣德士古道220-248號荃灣工業中心16樓
電話：2150 2100　傳真：2407 3062

出版日期　2021年1月／初版

ISBN ： 978-988-8549-43-6